Anton Tschechow

Das Duell

Übersetzt von Korfiz Holm

Anton Tschechow: Das Duell

Übersetzt von Korfiz Holm.

Erstdruck im Oktober/November 1891 in der Sankt Petersburger Zeitung »Nowoje wremja«. Auch erschienen unter dem deutschen Titel »Ein Zweikampf«.

Neuausgabe mit einer Biographie des Autors
Herausgegeben von Karl-Maria Guth
Berlin 2016

Umschlaggestaltung von Thomas Schultz-Overhage unter Verwendung des Bildes: Ilya Repin, Am Strand am Finnischen Meerbusen, 1903

Gesetzt aus der Minion Pro, 11 pt

Die Sammlung Hofenberg erscheint im
Verlag der Contumax GmbH & Co. KG, Berlin
Herstellung: BoD – Books on Demand, Norderstedt

ISBN 978-3-8430-8482-6

Bibliografische Information der Deutschen Nationalbibliothek

Die Deutsche Nationalbibliothek verzeichnet diese Publikation in der Deutschen Nationalbibliografie; detaillierte bibliografische Daten sind im Internet über www.dnb.de abrufbar.

1.

Acht Uhr morgens war es, die Zeit, wo die Offiziere, Beamten und Sommergäste nach der schwülen, heißen Nacht im Meer zu baden pflegten. Nach dem Bade ging man in den Pavillon und trank Kaffee oder Tee. Iwan Andrejitsch Lajewskij, ein blonder, hagerer Mann von achtundzwanzig Jahren, traf, als er, die Uniformmütze des Finanzressorts auf dem Kopf und Pantoffeln an den Füßen, zum Baden kam, am Strande viele Bekannte und darunter seinen Freund, den Militärarzt Samoilenko.

Doktor Samoilenko war ein Mann von dicker, aufgedunsener Gestalt, auf der ohne Hals ein großer, kurzgeschorener Kopf saß. Er hatte ein rotes Gesicht, eine gewaltige Nase, struppige schwarze Brauen und einen grauen Backenbart. Seine Stimme war ein heiserer Militärbaß. So machte er bei der ersten Begegnung einen unangenehm rauhbeinigen Eindruck auf jedermann. Aber schon nach wenigen Tagen fand man sein Gesicht ungewöhnlich gutmütig, liebenswürdig und sogar hübsch. Trotz seiner Plumpheit und seiner rauhen Art war er ein friedliebender, unendlich gutmütiger, wohlwollender und verbindlicher Mensch. Mit der ganzen Stadt stand er auf du, allen pumpte er Geld, kurierte alle, stiftete Verlobungen und Versöhnungen und arrangierte Picknicks, bei denen er dann Hammelfleisch am Spieß briet und aus Thunfischen eine sehr wohlschmeckende Suppe kochte. Es war nur eine Stimme, er war ein ausgezeichneter Mensch. Nur zwei Schwächen hatte er: erstens schämte er sich seiner Gutmütigkeit und suchte sie durch grimmiges Dreinschauen und künstliche Grobheit zu maskieren und zweitens liebte er es, wenn die Lazarettgehilfen und Soldaten zu ihm Exzellenz sagten, obwohl er erst Staatsrat war.

»Eine Frage, Alexander Dawidowitsch«, begann Lajewskij, als sie beide bis an die Schultern im Wasser waren, »gesetzt den Fall, du hättest ein Weib geliebt und mit ihr zusammengelebt mehr als zwei Jahre, und dann, wie es geht, hört die Liebe auf, und du fühlst, daß sie für dich eine Fremde geworden ist. Was würdest du in diesem Fall tun?«

»Sehr einfach: geh, mein Engel, wohin dich der Wind trägt. Und Schluß.«

»Das ist leicht gesagt. Aber wenn sie nirgends hin kann? Sie steht allein in der Welt, hat keinen Verwandten, keinen Pfennig, sie versteht auch nicht zu arbeiten.«

»Ach was? Schmeiß ihr eine einmalige Zahlung von fünfhundert Rubeln in den Rachen, oder fünfundzwanzig im Monat. Was weiter? Furchtbar einfach.«

»Gesetzt den Fall, du hättest fünfhundert oder fünfundzwanzig im Monat, aber das Weib, von dem ich rede, ist intelligent und stolz. Könntest du dich entschließen, ihr Geld anzubieten? Und in welcher Form?«

Samoilenko wollte antworten, aber in diesem Augenblick schlug eine große Welle ihnen über die Köpfe, brach sich am Ufer und floß plätschernd zwischen den Steinchen zurück. Die Freunde verließen das Wasser und begannen sich anzuziehen.

»Natürlich ist es kein Vergnügen, mit einer Frau zu leben, die man nicht liebt«, sagte Samoilenko und schüttelte den Sand aus seinen Stiefeln, »aber, Wanja, man muß doch menschlich denken. Sieh mich an, ich würde es ihr überhaupt nicht zeigen, daß ich sie nicht mehr liebe, und mit ihr zusammenleben bis an mein seliges Ende.«

Aber plötzlich wurde er verlegen, arretierte seine Phantasie und sagte:

»Meinetwegen braucht's überhaupt keine Weiber zu geben. Hol sie der Teufel!«

Sie waren fertig und gingen in den Pavillon. Dort fühlte sich Samoilenko ganz wie zu Hause und hatte sogar sein eigenes Stammgeschirr. Jeden Morgen brachte man ihm auf einem Tablett seine Tasse Kaffee, ein hohes, geschliffenes Glas mit Eiswasser und ein Gläschen Kognak. Zuerst trank er den Kognak, dann den heißen Kaffee und zum Schluß das Eiswasser. Und das schmeckte ihm augenscheinlich sehr gut. Als er getrunken hatte, wurden seine Augen noch freundlicher, er strich sich mit beiden Händen den Backenbart, blickte aufs Meer hinaus und sagte:

»Die wundervolle Aussicht!«

Lajewskij fühlte sich matt und zerschlagen nach einer langen Nacht voll unfroher, nutzloser Gedanken, die ihm den Schlaf geraubt und die Schwüle und Dunkelheit noch schwerer gemacht hatten. Vom Bad und dem Kaffee wurde ihm nicht besser.

»Also weiter, Alexander Dawidowitsch«, sagte er, »ich will es nicht verheimlichen und dir, meinem Freunde, offen gestehen, die Geschichte mit Nadeschda Fjodorowna ist faul, äußerst faul! Verzeih', daß ich dich in meine Geheimnisse ziehe, aber ich muß mich aussprechen.«

Samoilenko wußte im voraus, wovon die Rede sein würde, er senkte den Blick und trommelte mit den Fingern auf der Tischplatte.

»Zwei Jahre hab' ich mit ihr gelebt. Ich lieb' sie nicht mehr«, fuhr Lajewskij fort, »das heißt, richtiger, ich weiß jetzt, daß wir uns nie geliebt haben. Diese zwei Jahre waren – ein Betrug.«

Lajewskij hatte die Gewohnheit, beim Sprechen aufmerksam seine rosigen Handflächen zu betrachten, an seinen Nägeln zu kauen oder an seinen Manschetten zu nesteln. Auch jetzt tat er das.

»Ich weiß ja genau, daß du mir nicht helfen kannst«, sagte er, »aber ich erzähle es dir, weil für uns Unglücksvögel und überflüssige Menschen das Heil im Aussprechen liegt. Ich muß alles mitteilen, was ich tue, ich muß eine Erklärung und Rechtfertigung meines abgeschmackten Lebens finden in irgendwelchen Theorien oder in Typen aus der Literatur. Vorige Nacht habe ich mich so mit dem ewigen Gedanken getröstet: Wie recht hat doch Tolstoi, wie erbarmungslos recht! Und davon wurde mir leichter. Wahrhaftig, er ist ein großer Dichter.«

Samoilenko hatte Tolstoi nie gelesen und wollte jeden Tag damit anfangen. Er wurde verwirrt und sagte:

»Ja, andere Dichter dichten aus ihrer Phantasie, er aber direkt nach der Natur –«

»Ach Gott«, seufzte Lajewskij, »wie hat die Zivilisation uns ausgemergelt! Ich hatte mich verliebt in eine verheiratete Frau, und sie sich in mich. Anfangs gab's bei uns Küsse und stille Abende und Schwüre und Philosophie und Ideale und gemeinsame Interessen … Was für eine Lüge! Wir flohen in Wahrheit vor ihrem Mann, logen uns aber vor, vor der Öde unserer gebildeten Welt zu fliehen. Unsere Zukunft malten wir uns so aus: Ich würde anfangs im Kaukasus, bis wir uns mit Land und Leuten bekannt gemacht hätten, die Beamtenuniform anziehen und eine Zeitlang im Staatsdienst bleiben, dann aber würden wir uns ein Stück Land nehmen und im Schweiße des Angesichts schaffen, einen Weinberg, ein Feld bebauen usw. Wärest du an meiner Stelle, oder dein Zoolog, dieser Herrn von Koren, ihr würdet vielleicht dreißig Jahre mit Nadeschda Fjodorowna zusammenleben und euren Erben einen reichen Weinberg und tausend Djeßjatinen Maisland hinterlassen. Ich habe mich vom ersten Tage an bankerott gefühlt. In der Stadt unerträgliche Hitze und Langeweile, kein Mensch, und kommt man hinaus, da lauern unter dem

Strauch Skorpione oder Schlangen. Und weiterhin Berge und Einöde. Fremde Menschen, eine fremde Natur, eine traurige Kultur. Lieber Freund, es ist viel leichter mit Nadeschda Fjodorowna am Arm im Pelz den Newskij Prospekt entlangzubummeln und von warmen Ländern zu plaudern. Hier gilt es nicht den Kampf ums Leben, sondern den Kampf um den Tod, und was bin ich denn für ein Kämpfer? Ich trauriger Neurastheniker mit meinen gepflegten Händen. Am ersten Tage hab' ich's eingesehen, daß meine schönen Gedanken von einem arbeitsamen Leben, von einem Weinberg den Teufel nichts taugten. Und was die Liebe angeht, so kann ich dir sagen, daß es ebenso uninteressant ist, mit einem Frauenzimmer zu leben, das Spencer gelesen hat und dir zuliebe bis ans Ende der Welt mitgelaufen ist, als mit irgendeiner x-beliebigen Akulina. Sie riecht genau so nach dem Bügeleisen, nach Puder und Medikamenten, sie trägt genau so jeden Morgen ihre Papilloten, und es ist genau derselbe Selbstbetrug ...«

»Ohne Bügeleisen kommt man in keiner Wirtschaft aus«, sagte Samoilenko und wurde rot, weil Lajewskij so intime Details von einer bekannten Dame erzählte, »du bist, merk' ich, heute nicht bei Laune, Wanja. Nadeschda Fjodorowna ist eine reizende und gebildete Frau, du bist ein sehr begabter Mensch. Warum solltet ihr nicht zusammenpaffen? Es ist ja wahr, ihr seid nicht verheiratet«, sagte Samoilenko und sah sich nach den Nachbartischen um, »aber das ist doch nicht eure Schuld, und außerdem – der Mensch soll keine Vorurteile haben und sich auf das Niveau zeitgemäßer Ideen erheben. Ich bin selbst für die Ehe ohne Formen, ja –. Aber, ich meine, wenn man einmal zusammenlebt, so soll man auch bis ans Lebensende zusammenbleiben.«

»Ohne Liebe?«

»Das erkläre ich dir gleich«, sagte Samoilenko. »Vor acht Jahren hatten wir hier einen alten Agenten. Er war ein sehr kluger Mensch. Siehst du, der sagte immer: im Familienleben ist die Hauptsache – Geduld ... Verstehst du, Wanja? Nicht die Liebe, sondern die Geduld. Die Liebe kann nicht lange dauern. Zwei Jahre hast du in Liebe gelebt, jetzt ist dein Familienleben augenscheinlich in die Phase getreten, wo du all deine Geduld in Anwendung bringen mußt, um das Gleichgewicht zu erhalten.«

»Du glaubst deinem alten Agenten, für mich aber ist sein Rat ein Blödsinn. Der Alte konnte heucheln. Er vermochte es, einen ungeliebten Menschen für ein Instrument anzusehen, das ihm zur Übung seiner

Geduld sehr gute Dienste leisten konnte. So tief bin ich noch nicht gesunken. Wenn ich meine Geduld üben will, kaufe ich mir einen Turnapparat oder ein störrisches Pferd, die Menschen lass' ich in Ruhe.«

Samoilenko bestellte eine Flasche Weißwein mit Eis.

Nach dem ersten Glas fragte Lajewskij plötzlich:

»Sag' doch mal, was ist das, Gehirnerweichung?«

»Das, ja, wie soll ich dir's gleich erklären – das ist so eine Krankheit, wenn die Gehirnmasse sich erweicht, gleichsam flüssig wird.«

»Ist sie heilbar?«

»Ja, wenn die Krankheit noch nicht eingerissen ist. – Kalte Duschen, spanische Fliegen. Auch innerliche Mittel gibt's.«

»So, so … Also siehst du, so liegt die Sache. Ich kann nicht mit ihr leben. Es übersteigt meine Kräfte. Wenn ich mit dir zusammen bin, siehst du, dann philosophiere ich und bin heiter, zu Hause aber verliere ich ganz meinen Mut. Ich fühle mich so hochgradig beengt; wenn man mir z. B. sagte, ich müßte auch nur noch einen Monat mit ihr zusammenleben, ich glaube, ich würde mir eine Kugel vor den Kopf schießen. Und auseinander können wir auch wieder nicht … Sie steht allein in der Welt, versteht nicht zu arbeiten, Geld haben wir beide keins. Wohin soll sie gehen? Zu wem? Kein Ausweg … Nun sag' mir mal, was ist da zu machen?«

»M–ja«, brummte Samoilenko, er wußte keine Antwort, »liebt sie dich denn?«

»Ja, sie liebt mich gerade so weit, als sie in ihren Jahren und bei ihrem Temperament einen Mann nötig hat. Von mir würde sie sich ebenso schwer trennen wie von ihrem Puder und ihren Papilloten. Ich bin ihr ein notwendiges Boudoirrequisit.«

Samoilenko wurde verlegen.

»Du bist heute schlecht aufgelegt, Wanja«, sagte er, »du hast offenbar nicht gut geschlafen.«

»Ja, ich habe schlecht geschlafen. Ich fühle mich überhaupt nicht wohl. Ich habe so eine Leere im Kopf, der Herzschlag stockt, und dabei fühle ich mich so schwach. Ich muß entfliehen.«

»Wohin denn?«

»Dahin, nach dem Norden. Zu den Tannen, zu den Pilzen, zu den Menschen, zu den Ideen. Mein halbes Leben gäbe ich darum, könnte ich jetzt irgendwo im Gouvernement Moskau oder Tula sein und in einem Bach baden, weißt du, daß man ganz durchkältet wird, und dann spazieren bummeln ein paar Stunden, wenn auch mit dem minimalsten Studentlein, und schwatzen, schwatzen. – Und wie es da nach Heu duftet! Weißt du noch? Und abends, wenn man im Garten auf und abgeht und aus dem Hause das Klavier ertönt und in der Ferne die Eisenbahn vorbeirasselt –«

Lajewskij lachte vor Vergnügen, und die Tränen traten ihm in die Augen. Um sie zu verbergen, reckte er sich, ohne aufzustehen, nach Zündhölzern zum Nebentisch hinüber.

»Achtzehn Jahre sind's jetzt, daß ich nicht mehr in Rußland war«, sagte Samoilenko, »ich weiß gar nicht mehr, wie es dort aussieht. Ich glaube, es gibt auch kein herrlicheres Land als den Kaukasus auf der ganzen Welt.«

»Wereschtschagin hat ein Bild gemalt: da quälen sich die zum Tode Verurteilten auf dem Grunde eines tiefen Schachtes. Wie solch ein Schacht kommt mir dein herrlicher Kaukasus vor. Wenn ich die Wahl hätte und könnte entweder Schornsteinfeger in Petersburg oder Fürst auf dem Kaukasus werden, ich würde lieber Schornsteinfeger sein, als hier unter einer Platane liegen und irgendeine idiotische, dreckige Lesghinierin anglotzen. Und die Tscherkessinnen, was für ein Schund ist das bei Licht besehen.«

»Sag' das nicht.«

Lajewskij versank in Gedanken. Samoilenko musterte seine gebeugte Gestalt, die ins Leere starrenden Augen, das blasse, schweißige Gesicht, die eingefallenen Schläfen, die abgekauten Nägel und den Pantoffel, der von der Ferse hinunterhing und einen mangelhaft gestopften Strumpf sehen ließ, und fühlte Mitleid mit ihm. Und wahrscheinlich, weil er ihm wie ein hilfloses Kind vorkam, fragte er:

»Lebt deine Mutter noch?«

»Ja, aber wir sind ganz auseinander. Sie konnte mir diese Verbindung nicht verzeihen.«

Samoilenko hatte seinen Freund gern. Er sah in ihm einen guten Kerl, eine studentische Seele, einen zwanglosen Menschen, mit dem man gut ein Glas Wein trinken, einen Scherz machen und nach Herzenslust schwatzen konnte. Was er an ihm verstand, gefiel ihm durchaus nicht. Lajewskij trank viel und außer der Zeit, spielte Karten, kümmerte sich nicht um seine Arbeit, lebte über seine Mittel, gebrauchte häufig im Gespräch unpassende Ausdrücke und zankte sich in Gegenwart dritter mit Nadeschda Fjodorowna – das alles gefiel Samoilenko durchaus nicht.

Andererseits hatte Lajewskij Philosophie studiert, war auf zwei dickleibige Zeitschriften abonniert, redete oft so klug, daß nur wenige es verstanden, und lebte mit einer intelligenten Frau zusammen – das alles verstand Samoilenko nicht, und es gefiel ihm. Dafür stellte er Lajewskij über sich und empfand Hochachtung vor ihm.

»Noch eine Kleinigkeit«, sagte Lajewskij kopfschüttelnd, »es bleibt aber unter uns. Ich verheimliche es noch vor Nadeschda Fjodorowna, verplappere dich nicht ihr gegenüber. Vorgestern hab' ich einen Brief bekommen: ihr Mann ist an Gehirnerweichung gestorben.«

»Gott hab ihn selig!« stieß Samoilenko hervor, »warum verheimlichst du ihr das denn?«

»Ihr diesen Brief zeigen, das hieße einfach: sei so freundlich und komm in die Kirche zur Trauung. Aber zuerst muß Klarheit in unsere Beziehungen kommen. Wenn sie sich überzeugt hat, daß ein weiteres Zusammenleben zwischen uns unmöglich ist, dann zeig' ich ihr den Brief. Dann hat es keine Gefahr mehr.«

»Ich will dir was sagen, Wanja«, sagte Samoilenko, und sein Gesicht bekam plötzlich einen betrübten und bittenden Ausdruck, als wollte er eine sehr große Bitte tun und fürchtete ein Nein: »Heirate sie, lieber Freund.«

»Warum?«

»Erfülle deine Pflicht gegen diese reizende Frau. Ihr Mann ist gestorben, und auf diese Weise hat dir ja die Vorsehung selbst gezeigt, was du tun sollst.«

»Merkwürdiger Kauz, kapierst du denn nicht, daß das unmöglich ist? Heiraten ohne Liebe ist ebenso schlecht und menschenunwürdig wie das Abendmahl nehmen ohne Glauben.«

»Aber es ist deine Pflicht.«

»Warum ist es meine Pflicht?« fragte Lajewskij ärgerlich.

»Du hast sie ihrem Mann entführt und die Verantwortung für sie übernommen.«

»Verstehst du denn nicht? Ich spreche doch russisch: ich lieb' sie nicht.«

»Wenn du sie nicht liebst, so achte sie, verehre sie –«

»Achte sie, verehre sie«, äffte Lajewskij nach, »ist sie denn eine Heilige? Ein schlechter Psychologe und Physiologe bist du, wenn du glaubst, man könnte mit einem Frauenzimmer nur auf der Basis von Achtung und Verehrung zusammenleben. Den Weibern kommt es vor allem auf das Bett an.«

»Wanja, Wanja –« sagte der Doktor verlegen.

»Du bist ein altes Kind und ein Theoretiker, ich aber bin ein junger Greis und ein Praktiker. Wir werden uns nie verstehen. Hören wir lieber auf. – Mustapha«, rief Lajewskij den Kellner, »zahlen!«

»Nein, nein«, sagte der Doktor erschrocken und ergriff Lajewskijs Hand, »ich bezahle das, ich hab's bestellt. – Schreib es auf meine Rechnung«, schrie er Mustapha zu.

Die Freunde standen auf und gingen. Am Anfang des Boulevards blieben sie stehen und drückten sich zum Abschied die Hand.

»Sehr verwöhnt bist du, mein Lieber«, seufzte Samoilenko, »da schickt dir der Himmel eine junge, schöne, gebildete Frau, und du willst sie los sein. Und ich – wenn mir der liebe Gott nur eine bucklige alte Schachtel bescherte, wie zufrieden wäre ich, wenn sie nur gutmütig und freundlich wäre. Ich würde mit ihr auf meinem Weinberg leben und –«

Samoilenko wurde verlegen und sagte:

»Und da könnte mir die alte Hexe Tee kochen.«

Als er sich von Lajewskij verabschiedet hatte, schlenderte er den Boulevard hinunter. Er gefiel sich außerordentlich, und ihm schien, jedermann betrachte ihn mit Vergnügen, wenn er so daherkam, gewichtig, majestätisch, mit strengem Gesichtsausdruck, in seinem schneeweißen Waffenrock und mit den vorzüglich blankgewichsten Stiefeln, die Brust mit dem Wladimirorden darauf mächtig vorgewölbt. Ohne den Kopf zu wenden, blickte er nach beiden Seiten und fand, daß der Boulevard vorzüglich angelegt wäre, daß die jungen Zypressen, Eukalyptus und die häßlichen, kümmerlichen Palmen sehr schön wären und mit der Zeit einmal prachtvoll Schatten geben würden, und daß die Tscherkessen ein ehrliches und gastfreundliches Volk wären. Merkwürdig, dachte er, daß der Kaukasus Lajewskij nicht gefällt, höchst merkwürdig. Jetzt begegneten ihm fünf Soldaten mit Gewehren und machten ihre Ehrenbezeugung. Dann ging auf dem rechten Trottoir die Frau eines Beamten vorüber mit ihrem Sohn, der Gymnasiast war.

»'n Morgen, Marja Konstantinowna«, rief Samoilenko ihr liebenswürdig lächelnd zu, »kommen Sie vom Baden? Ha, ha, ha – Empfehlung an Nikodim Alexandrowitsch.«

Er ging weiter und lächelte noch immer liebenswürdig. Da erblickte er aber den Oberlazarettgehilfen Bylin, der ihm entgegenkam; plötzlich zog er die Stirn in Falten, hielt ihn an und fragte:

»Keine Kranken im Lazarett?«

»Nein, Exzellenz!«

»Was?«

»Niemand, Exzellenz.«

»Gut. Marsch.«

Majestätisch schaukelnden Ganges schritt er auf die Selterswasserbude zu, hinter deren Ladentisch eine dicke alte Jüdin saß, die sich für eine Georgierin ausgab, und sagte laut, als gelte es ein Regiment zu kommandieren:

»Bitte schön, ein Sodawasser.«

2.

Daß Lajewskij Nadeschda Fjodorowna nicht liebte, äußerte sich vornehmlich darin, daß er alles, was sie sagte und tat, für eine Lüge oder etwas Ähnliches hielt. Und alles, was er gegen die Weiber und die Liebe las, schien ihm, als könnte es nicht treffender in bezug auf ihn, Nadeschda Fjodorowna und ihren Mann gesagt sein. Als er nach Hause kam, saß sie schon angezogen und frisiert am Fenster und trank mit sorgenvollem Gesicht Kaffee und blätterte in einer dickleibigen Zeitschrift. Er dachte: das Kaffeetrinken ist doch wirklich kein so wichtiges Ereignis, daß man deshalb ein sorgenvolles Gesicht zu machen braucht. Und die Zeit, die sie auf ihre moderne Frisur verwandt hat, ist auch fortgeworfen. Hier war niemand, dem man gefallen konnte. Auch in der Zeitschrift erblickte er eine Lüge. Er dachte: sie putzt und frisiert sich, um hübsch, und liest, um klug zu erscheinen.

»Was meinst du, soll ich heute baden gehen?« fragte sie.

»Ach was? Geh' oder geh' nicht. Deswegen wird wohl kein Erdbeben entstehen, glaub ich.«

»Nein, ich frage, weil sich der Doktor vielleicht darüber ärgern könnte.«

»Na, dann frag' den Doktor. Ich bin doch kein Doktor.«

Diesmal mißfiel Lajewskij an Nadeschda Fjodorowna ganz besonders ihr weißer, offener Hals; er erinnerte sich, daß Anna Karenina, als in ihr die Liebe zu ihrem Mann erlosch, sich zuerst von seinen Ohren angewidert fühlte, und sagte sich: »Wie richtig! Wie richtig!«

Er fühlte sich schwach und leer im Kopf und ging in sein Kabinett. Dort legte er sich auf den Diwan und deckte das Taschentuch übers Gesicht, um sich vor den Fliegen zu schützen. Welke schleichende Gedanken, die sich immer um dasselbe drehten, zogen durch sein Gehirn, wie ein langer Wagenzug an einem regnerischen Herbstabend, und er verfiel in einen schläfrigen, gedrückten Zustand. Er dünkte sich schuldig Nadeschda Fjodorowna und ihrem Mann gegenüber, als trüge er die Schuld an seinem Tode. Er dünkte sich schuldig seinem eigenen Leben gegenüber, das er verpfuscht hatte, schuldig gegenüber der erhabenen Welt von Ideen, Wissenschaften und Arbeit. Und diese wunderbare Welt schien ihm möglich und wirklich bestehend, nicht hier am Strande, wo hungrige Türken und faule Tscherkessen herumstrolchten, sondern dort, im Norden, wo es eine Oper gab und ein Schauspiel und Zeitungen und alle Früchte geistiger Arbeit. Ehrlich, klug, edel und rein kann man nur dort, aber nicht hier sein. Er warf sich vor, daß er keine Ideale habe, keine leitende Idee im Leben, obwohl er nur eine recht vage Vorstellung davon hatte, was das bedeutete. Vor zwei Jahren, als er sich in Nadeschda Fjodorowna verliebte, glaubte er, daß es genüge, mit ihr nach dem Kaukasus zu fahren, um sich von der Banalität und Leere des Lebens zu retten; ebenso fest glaubte er jetzt daran, daß es genüge, Nadeschda Fjodorowna zu verlassen und nach Petersburg zu gehen, um alles zu erreichen, was er brauchte.

»Entfliehen«, flüsterte er, setzte sich auf und kaute an seinen Nägeln, »entfliehen!«

Er malte sich aus, wie er den Dampfer besteigen würde und dort frühstücken, kaltes Bier trinken und sich auf Deck mit den Damen unterhalten. Dann würde er sich in Sewastopol in den Zug setzen und losfahren. Sei mir gegrüßt, Freiheit! Eine Station nach der anderen taucht auf, die Luft wird immer kälter und rauher. Birken und Tannen. Da ist schon Kursk, Moskau –. In den Bahnhofsrestaurants gibt es Kohlsuppe, Hammelfleisch mit Buchweizen, Stör, Bier, kurzum, nicht mehr dies verdammte Asien, sondern Rußland, das wirkliche Rußland. Die Mitreisenden sprechen von Geschäften, von neuen Sängern, von den frankorussischen Sympathien. Überall spürt man ein kultiviertes, intelligentes Leben – Schneller, schneller! Endlich, der Newskij Prospekt, die große Morskajastraße, und da ist auch die Kownogasse, wo er einst als Student gewohnt hat. Der liebe graue Himmel, der kalte Regen, die nassen Droschkenkutscher –

»Iwan Andrejitsch«, rief jemand aus dem Nebenzimmer, »sind Sie zu Hause?«

»Jawohl«, antwortete Lajewskij, »was ist denn los?«

»Ich bringe einige Papiere.«

Lajewskij erhob sich träge, ihn schwindelte, er gähnte und ging mit schlürfenden Pantoffeln ins Nebenzimmer. Draußen am offenen Fenster stand ein junger Kollege von ihm und breitete einige amtliche Schriftstücke aufs Fensterbrett.

»Sofort, mein Lieber«, sagte Lajewskij sanft und suchte das Tintenfaß. Dann ging er zum Fenster, unterschrieb die Papiere, ohne sie anzusehen, und sagte:

»Eine scheußliche Hitze!«

»Ja. – Kommen Sie heute aufs Bureau?«

»Ich glaube kaum. Ich fühle mich nicht ganz wohl. Sagen Sie doch Scheschkowskij, daß ich am Nachmittag zu ihm komme.«

Der junge Beamte ging. Lajewskij legte sich wieder auf seinen Diwan und begann zu grübeln:

›Ja, man muß alle Umstände in Betracht ziehen und erwägen. Bevor ich abreise, muß ich meine Schulden bezahlen. Ich habe zweitausend Rubel Schulden. Geld hab' ich keins. Doch das ist kein großes Unglück. Einen Teil bezahle ich gleich auf irgendeine Art, und den Rest schick' ich dann von Petersburg her. Die Hauptsache ist, daß Nadeschda Fjodorowna … Vor allem muß Klarheit in unsere Beziehungen kommen … Ja.‹

Er hielt einen Augenblick inne und überlegte: sollte ich nicht Samoilenko um Rat fragen?

›Ich könnte schon hingehen‹, dachte er, ›aber was soll das nützen? Ich werde wieder dummerweise vom Boudoir, vom Weibe, von Recht und Unrecht sprechen. Was ist da über Recht und Unrecht zu reden. Es kommt darauf an, möglichst schnell mein Leben zu retten, ich gehe ja zugrunde in dieser verdammten Sklaverei, das ist ja der reinste Selbstmord. Schließlich muß man doch kapieren, daß es eine Schlechtigkeit und Grausamkeit ist, solch ein Leben weiterzuführen. Daneben ist alles andere klein und nichtig.‹ »Entfliehen«, murmelte er, und setzte sich auf, »entfliehen!«

13

Der öde Meeresstrand, die unerträgliche Glut und Einförmigkeit der nebligen, violetten Berge, ihre ewige Gleichmäßigkeit und Schweigsamkeit erfüllten ihn mit Heimweh, und es schien ihm, als schläferten sie ihn ein und raubten ihm seine Gaben. Vielleicht war er klug, talentvoll, bedeutend, vielleicht wäre er ein vorzüglicher Landwirt geworden, wenn ihn nicht das Meer und die Berge bedrückt hätten, oder ein Staatsmann, ein Redner, ein Publizist, ein Kulturträger. Wer kann das wissen? Und ist es da nicht dumm, von Recht und Unrecht zu sprechen, wenn ein begabter und nützlicher Mensch, ein Musiker z. B. oder ein Maler, um aus der Gefangenschaft zu entkommen, seine Kerkerwand zertrümmert und seine Wächter täuscht. In solch einer Lage ist alles recht.

Um zwei Uhr setzten sich Lajewskij und Nadeschda Fjodorowna zu Tisch. Als die Köchin die Reissuppe mit Tomaten auf den Tisch setzte, sagte Lajewskij:

»Jeden Tag dasselbe. Warum kochst du nie Kohlsuppe?«

»Man bekommt keinen Kohl.«

»Merkwürdig. Aber bei Samoilenko gibt es Kohlsuppe, und bei Marja Konstantinowna gibt es Kohlsuppe. Nur ich muß, weiß der liebe Gott warum, diese süßliche Jauche essen. Das geht doch nicht, mein Schatz.«

Wie bei den meisten Ehepaaren war früher auch bei Lajewskij und Nadeschda Fjodorowna kein Mittagessen ohne Zank und Szenen vorübergegangen, aber seit es für Lajewskij feststand, daß er sie nicht mehr liebte, bemühte er sich, Nadeschda Fjodorowna in allen Stücken nachzugeben, sprach sanft und höflich mit ihr, nannte sie: mein Schatz und küßte sie nach Tisch auf die Stirn.

»Diese Suppe schmeckt nach Lakritz«, sagte er lächelnd; er strengte sich an, freundlich zu erscheinen, brachte es aber nicht fertig und sagte: »Bei uns kümmert sich niemand um die Wirtschaft. Wenn du so krank bist, oder so viel lesen mußt, dann könnte ich vielleicht für die Küche sorgen.«

Früher hätte sie geantwortet: »Meinetwegen«, oder »Es scheint, du willst eine Köchin aus mir machen«, jetzt aber sah sie ihn nur schüchtern an und errötete.

»Wie geht es dir denn heute?« fragte er schüchtern.

»Heute einigermaßen. Nur etwas schwach fühl' ich mich.«

»Sei nur vorsichtig, mein Schatz. Ich bin so besorgt um dich.«

Nadeschda Fjodorowna hatte ein Leiden. Samoilenko sagte, es wäre Wechselfieber, und fütterte sie mit Chinin. Der andere Arzt, Ustimowitsch, ein großer, hagerer, zugeknöpfter Mensch, der tags zu Hause saß und abends, die zusammengelegten Hände mit dem Spazierstock auf dem Rücken, langsam am Meer herumpromenierte und hustete, erklärte es für ein Frauenleiden und verschrieb warme Kompressen. Früher, als Lajewskij sie noch liebte, erregte Nadeschda Fjodorownas Krankheit in ihm Mitgefühl und Schrecken, jetzt erblickte er auch in der Krankheit eine Lüge. Daß sie nach den Fieberanfällen ein gelbes, schläfriges Gesicht hatte, einen welken Blick und ein krampfhaftes Gähnen, daß sie während der Anfälle ganz zusammengezogen unter ihrem Plaid lag und eher einem Knaben als einer Frau ähnlich sah, daß es in ihrem Zimmer schwül war und schlecht roch – all das störte nach seiner Ansicht die Illusion und war ein einziger Protest gegen Liebe und Ehe.

Als zweiten Gang bekam er Spinat mit harten Eiern, Nadeschda Fjodorowna aber als Patientin Fruchtgelee mit Milch. Als sie mit sorgenvollem Gesicht das Gelee zuerst mit dem Löffel befühlte und es dann träge zu essen begann, und dazwischen immer einen Schluck Milch trank, und als er ihr Schlucken hörte, erfaßte ihn ein heftiger Haß. Er gestand sich, daß solch ein Gefühl sogar einem Hunde gegenüber beleidigend gewesen wäre, aber er ärgerte sich nicht über sich, sondern über Nadeschda Fjodorowna, weil sie dies Gefühl in ihm erregte, und er begriff, daß es Leute gäbe, die ihre Geliebten ermordeten. Selbst hätte er natürlich nicht gemordet, aber als Geschworener hätte er solch einen Mörder freigesprochen.

»Gesegnete Mahlzeit, mein Schatz«, sagte er nach dem Essen und küßte Nadeschda Fjodorowna auf die Stirn.

Dann begab er sich in sein Kabinett und ging dort fünf Minuten lang auf und ab und schielte nach seinen Stiefeln. Endlich nahm er sie, setzte sich auf den Diwan und murmelte:

»Entfliehen, entfliehen! Klarheit in die Beziehungen bringen und entfliehen!«

Er legte sich hin, und ihm fiel wieder ein, daß Nadeschda Fjodorownas Mann durch seine Schuld gestorben sein könnte.

Einen Menschen deswegen anklagen, weil er sich verliebt hat, oder aufgehört hat zu lieben, ist eine Dummheit, überredete er sich. Dabei zog er im Liegen die Füße herauf, um die Stiefel anzuziehen. – Liebe und Haß haben wir nicht in unserer Gewalt. Und was den Mann betraf, so konnte er ja möglicherweise indirekt mit eine Ursache seines Todes gewesen sein. Aber war er vielleicht daran schuld, daß er sich in seine Frau verliebt hatte, und sie sich in ihn?

Dann stand er auf, suchte seine Mütze und ging zu seinem Kollegen Scheschkowskij, bei dem sich täglich die Beamten versammelten, um Whist zu spielen und gekühltes Bier zu trinken.

›In meiner Unentschlossenheit erinnere ich an Hamlet‹, dachte er unterwegs. – ›Wie richtig hat Shakespeare das gezeichnet, wie richtig!‹

3.

Doktor Samoilenko hatte in seinem Hause einen Mittagstisch eingerichtet. Die Sache machte ihm Vergnügen und außerdem gab es in der Stadt kein einziges Gasthaus, und Junggesellen und Neuangekommene wußten nicht, wo sie essen sollten. Augenblicklich aßen bei ihm nur zwei Herren, ein junger Zoolog, Herr von Koren, der für den Sommer ans Schwarze Meer gekommen war, um die Embryologie der Medusen zu studieren, und der Diakon Pobjedow. Dieser hatte erst vor kurzem das Priesterseminar verlassen und war in dieses Städtchen kommandiert worden zur Vertretung des alten Diakons, der zu einer Badekur beurlaubt war. Sie zahlten für Mittag- und Abendessen monatlich zwölf Rubel, und Samoilenko hatte ihnen das Ehrenwort abgenommen, pünktlich um zwei Uhr zu Mittag zu erscheinen.

Zuerst kam gewöhnlich Herr von Koren. Er setzte sich schweigend ins Wohnzimmer, nahm das Album vom Tisch und begann die verblaßten Photographien unbekannter Herren in breiten Hosen und Zylindern und Damen in Krinolinen und Hauben zu betrachten. Selbst Samoilenko wußte nur noch von wenigen die Namen, sagte aber von jedem mit einem Seufzer: »Es war ein reizender, hochbegabter Mensch.« Wenn das Album durchblättert war, holte Herr von Koren sich eine Pistole von der Etagere, drückte das linke Auge zu und zielte lange auf ein Porträt des Fürsten Woronzow, oder er stellte sich vor den Spiegel und betrachtete sein dunkles Gesicht, seine hohe Stirn und seine schwarzen Haare, die lockig waren wie bei einem Neger, dann sein Hemd aus dunklem, großgeblumtem Kattun, das an einen persischen Teppich erinnerte, und den breiten Ledergurt, der die Stelle der Weste vertrat. Diese Musterung der eigenen Person machte ihm fast noch mehr Vergnügen als das Durchblättern des Albums und die Untersuchung der Pistole mit dem kostbaren Beschlag. Er war sehr zufrieden mit seinem Gesicht, dem hübsch zugestutzten Bärtchen und den breiten Schultern, die einen augenscheinlichen Beweis seiner guten Gesundheit und kräftigen Konstitution bildeten. Er war auch zufrieden mit seiner gigerlhaften Kleidung, von der Krawatte, die so schön mit der Farbe des Hemdes harmonierte, bis hinab zu den gelben Schuhen.

Während er das Album besah und vor dem Spiegel stand, mühte sich Samoilenko in der Küche und nebenan im Hausflur. Ohne Rock und Weste, mit bloßer Brust, erregt und schwitzend, machte er Salat an oder bereitete irgendeine Sauce oder legte Fleisch, Gurken oder Zwiebeln für die kalte Suppe zurecht. Dabei sah er seinen Burschen, der helfen mußte, wütig an und gestikulierte bald mit dem Löffel, bald mit dem Messer auf ihn ein.

»Bring' den Essig her«, befahl er, »ach was, Unsinn, nicht Essig, Provenceröl«, schrie er und stampfte mit dem Fuß, »wohin läufst du denn, Rindvieh?«

»Das Öl holen, Exzellenz«, sagte der Bursche erschrocken mit seiner blechernen Tenorstimme.

»Na, vorwärts! Im Schrank steht es. Und sag' Darja, sie soll, wenn sie die Gurken bringt, auch Dill mitbringen. Dill! Deck' den Rahm zu, du Schlafmütze, sonst fallen die Fliegen hinein!«

Und von seinem Geschrei schien das Haus zu erdröhnen. Etwa zehn Minuten vor zwei erschien der Diakon, ein junger Mann von zweiundzwanzig Jahren, hager, langhaarig, noch ohne Vollbart, auch der Schnurrbart war noch kaum zu merken. Im Wohnzimmer bekreuzigte er sich zuerst vor dem Heiligenbild, dann lächelte er und reichte Herrn von Koren die Hand.

»'n Morgen«, sagte der Zoolog kühl, »wo kommen Sie her?«

»Ich hab' im Hafen Kaulbarse geangelt.«

»Dacht' ich mir's doch. Diakon, Diakon, Sie werden sich auch nie mit einer vernünftigen Arbeit beschäftigen.«

»Warum denn? Die Arbeit läuft mir nicht fort«, sagte der Diakon, lächelte und versenkte die Hände in die ungeheuren Taschen seines weißen Priesterrockes.

»Ja, Sie zu prügeln, wie einen kleinen Jungen, hat keiner das Recht«, seufzte der Zoolog.

Fünfzehn bis zwanzig Minuten vergingen, das Essen kam nicht, und man hörte noch immer, wie der Bursche mit seinen schweren Stiefeln trampelnd zwischen Küche und Flur hin und her lief, und wie Samoilenko schrie:

»Stell' es doch auf den Tisch! Wohin läufst du denn! Wisch' es zuerst ab!«

Der Diakon und Herr von Koren waren hungrig und begannen zu applaudieren und mit den Absätzen zu stampfen, um nach Art der Galeriebesucher im Theater ihrer Ungeduld Ausdruck zu geben. Endlich öffnete sich die Tür, und der abgehetzte Bursche bat zu Tisch. Im Eßzimmer trafen sie Samoilenko. Er war feuerrot im Gesicht, ganz aufgelöst von der Hitze in der Küche und wütend, betrachtete sie ärgerlich und gab keine Antwort auf ihre Fragen. Mit dem Ausdruck von Schrecken im Gesicht hob er den Deckel von der Terrine und schöpfte jedem seinen Teller voll, und erst, als er sich überzeugt hatte, daß sie mit Appetit aßen, und daß es ihnen schmeckte, seufzte er erleichtert auf und setzte sich in seinen bequemen Lehnstuhl. Sein Gesicht wurde heiter und freundlich, er goß sich ein Gläschen Schnaps ein und sagte:

»Aufs Wohl der jungen Generation!«

Samoilenko hatte nach dem Gespräch mit Lajewskij die ganze Zeit vom Morgen bis zum Mittag ungeachtet seiner vorzüglichen Laune in der Tiefe seines Herzens ein drückendes Gefühl verspürt. Lajewskij tat ihm leid, und er wollte ihm helfen. Nachdem er vor der Suppe sein Schnäpschen getrunken hatte, seufzte er und sagte:

»Heute hab ich Wanja Lajewskij gesehen. Der arme Kerl hat auch ein schweres Leben. Die materielle Seite seiner Existenz ist trostlos, aber das Schlimmste ist seine seelische Gedrücktheit. Schade um den Menschen.«

»Um den ist es doch wahrhaftig nicht schade«, sagte Herr von Koren, »wenn dieser angenehme Herr ins Wasser fiele, dann würde ich ihn mit dem Spazierstock tiefer hineinstoßen: Versauf' du nur, mein Teurer.«

»Das ist nicht wahr, das würdest du nicht tun.«

»Warum glaubst du das?« Der Zoolog zuckte mit den Schultern, »ich bin ebenso fähig zu einem guten Werk, wie du.«

»Ist das ein gutes Werk, einen Menschen ertränken?« lachte der Diakon.

»Lajewskij zu ersäufen, ja.«

»In der Suppe fehlt, glaub' ich, etwas«, sagte Samoilenko. Er wollte auf ein anderes Thema kommen.

»Lajewskij ist unbedingt schädlich und für die Gesellschaft genau so gefährlich wie ein Cholerabazillus«, fuhr Herr von Koren fort, »ihn zu ersäufen ist eine verdienstvolle Tat.«

»Es macht dir wirklich keine Ehre, so von deinem Nächsten zu denken.«

»Rede keinen Unsinn, Doktor. Einen Bazillus zu hassen und zu verachten ist dumm, aber jeden ersten Besten ohne Unterschied für seinen Nächsten zu halten, – dafür danke ich schön! Das heißt, überhaupt nicht urteilen, auf jedes gerechte Verhalten den Menschen gegenüber verzichten, sich sozusagen die Hände waschen. Ich halte deinen Lajewskij für einen Schurken, das verheimliche ich nicht und behandle ihn nach meinem Gewissen wie einen Schurken. Du aber hältst ihn für deinen Nächsten, also küsse ihn von mir aus! Du hältst ihn für deinen Nächsten, er bedeutet dir also dasselbe wie ich, wie der Diakon, – also gar nichts. Du bist gegen alle in gleichem Maße gleichgültig.«

»Einen Menschen einen Schurken nennen!« brummte Samoilenko, den Mund verziehend. »Das ist so häßlich ... ich kann dir gar nicht sagen, wie häßlich es ist!«

»Menschen beurteilt man nach ihren Taten«, sagte Herr von Koren, »nun sehen Sie selbst, Diakon – die Tätigkeit dieses Herrn Lajewskij liegt wie eine lange chinesische Schriftrolle vor unseren Augen, und wir können sie vom Anfang bis zum Ende lesen. Was hat er die zwei Jahre vollbracht, die er hier ist? Man kann's an den Fingern abzählen. Erstens hat er den Leuten das Whistspielen beigebracht. Vor zwei Jahren war dies Spiel hier unbekannt. Jetzt spielt jeder vom frühen Morgen bis in die späte Nacht Whist, sogar die Frauen und die halbwüchsigen Bengel. Zweitens hat er den Leuten das Biersaufen gelehrt, was früher auch nicht Mode war. Außerdem sind sie ihm auch dafür zu Dank verpflichtet, daß er sie mit den verschiedenen Schnapssorten bekannt gemacht hat. Jetzt kann ja jeder mit verbundenen Augen den Koscheljowschen Branntwein von dem Smirnowschen unterscheiden. Drittens hat man hier früher mit anderer Leute Frauen heimlich gelebt, aus denselben Beweggründen, aus denen die Diebe heimlich und nicht öffentlich stehlen. Den Ehebruch hielt man für etwas, was man sich schämen mußte öffentlich auszustellen. Lajewskij erschien als Pionier in dieser Hinsicht. Er lebt öffentlich mit eines anderen Mannes Frau zusammen. Viertens –«

Herr von Koren aß schnell seine Suppe auf und gab den Teller dem Burschen.

»Ich war mir schon im ersten Monat unserer Bekanntschaft ganz klar über Lajewskij«, fuhr er fort und wandte sich an den Diakon, »wir sind zu gleicher Zeit hergekommen. Menschen von seinem Schlag lieben die Freundschaft, Anschluß, Solidarität und dergleichen, weil sie immer Gesellschaft für Whistspielen und Schnapstrinken brauchen; außerdem sind sie geschwätzig und brauchen Zuhörer. Wir wurden befreundet, d. h. er kam jeden Tag zu mir gelaufen, störte mich in meiner Arbeit und kramte allerlei Intimitäten über seine Maitresse aus. Anfangs überraschte er mich durch seine Verlogenheit, die mir einfach den Hals zuschnürte. Als Freund wusch ich ihm den Kopf, weil er zu viel trank, über seine Mittel lebte, Schulden machte, gar nichts tat und nicht einmal las, weil er so wenig gebildet war und nichts wußte. Auf alle meine Vorwürfe lächelte er nur bitter und sagt«: ›Ich bin ein Pechvogel, ein überflüssiger Mensch!‹ oder: ›Was verlangen Sie, Liebster, von uns, den Epigonen der Leibeigenschaftszeit?‹ oder: ›Wir degenerieren …‹ Oder er fing an, eine lange, blödsinnige Rede zu halten über Puschkins Onegin, Lermontows Petschorin, Byrons Kain, Turgenjews Basarow, von denen allen er behauptete: ›Sie sind unsere Väter im Fleische und Geiste.‹ Es folgte daraus, daß es nicht seine Schuld war, daß die amtlichen Korrespondenzen wochenlang unerbrochen herumlagen, daß er selbst trank und andere betrunken machte, sondern die Schuld Onegins, Petschorins und Turgenjews, der den Pechvogel und überflüssigen Menschen erfunden hat. Der Grund für seine Liederlichkeit und den ganzen Unfug liegt also nicht in ihm selbst, sondern irgendwo im Raume! … Und dann noch dieser Witz: liederlich, verlogen und eklig ist nicht er allein, sondern ›die ganze Generation der 80er Jahre‹, ›wir, die welken, nervösen Spätgeborenen der Leibeigenschaftsperiode‹ ›die Zivilisation hat uns zu Krüppeln gemacht‹ … Mit einem Worte, Sie müssen begreifen, daß ein so großer Mann wie Lajewskij auch in seinem Fallen groß ist; daß seine Liederlichkeit, Unbildung und Unwirklichkeit eine naturhistorische, von der Notwendigkeit geheiligte Erscheinung darstellen, daß dem universale, elementare Ursachen zugrunde liegen und daß man vor Lajewskij eine Ampel – wie vor einem Heiligenbilde – entzünden muß, weil er das unglücklichste Opfer des Zeitalters, der geistigen Strömungen, der Vererbung usw. ist. Alle die Beamten und ihre Damen machten Ach und Oh, wenn er loslegte, und ich konnte lange nicht herauskriegen, mit wem ich es eigentlich zu tun hätte: mit einem Zyniker oder einem gewandten Schwindler? Solche Subjekte, die scheinbar intelligent sind, ein bißchen an der Bildung gerochen haben und viel von ihrem eigenen Edelmut reden, verstehen es, sich den Anschein zu geben, als wären sie ungewöhnliche Naturen.«

»Schweig' still«, fuhr Samoilenko auf, »ich dulde nicht, daß man in meiner Gegenwart von einem vorzüglichen Menschen schlecht spricht.«

»Unterbrich mich nicht, Alexander Dawidowitsch«, sagte Herr von Koren kühl, »ich bin gleich fertig. Lajewskij ist ein ziemlich einfacher Organismus. Man kann ihn folgendermaßen moralisch analysieren: morgens: Pantoffeln, Baden und Kaffee; nachher bis Mittag: Pantoffeln, Motion und Unterhaltung; um zwei Uhr: Pantoffeln, Mittag und Wein; um fünf Uhr: Baden, Tee und Wein; nachher Whist und Lügen; um zehn Uhr: Abendessen und Wein; und nach Mitternacht: Schlafen und *la femme*. Seine Existenz ist in dies enge Programm eingeschlossen, wie das Ei in seine Schale. Ob er geht oder sitzt, sich ärgert, schreibt oder sich freut, alles bezieht sich auf Wein, Karten, Pantoffeln und Weiber. Das Weib spielt eine verhängnisvolle, erdrückende Rolle in seinem Leben. Er selbst berichtet, daß er schon mit dreizehn verliebt war; als Student im ersten Semester hatte er ein Verhältnis mit einer Dame, die eine wohltuende Wirkung auf ihn gehabt und der er seine musikalische Bildung zu verdanken hat. Als Student im dritten Semester befreite er eine Prostituierte aus einem Bordell und hob sie zu sich empor, d. h. machte sie zu seiner Maitresse; sie aber kehrte nach einem halben Jahr wieder zu ihrer Wirtin zurück, und diese Flucht verursachte ihm nicht wenig seelische Qualen. Der Ärmste quälte sich so furchtbar, daß er die Universität verlassen und zwei Jahre zu Hause, ohne jede Beschäftigung bleiben mußte. Aber alles wendete sich zum besten. In seiner Heimat wurde er mit einer Witwe intim, die ihm den Rat gab, das juristische Studium aufzustecken und mit dem philologischen zu beginnen. Das tat er auch. Als er ausstudiert hatte, verliebte er sich in seine jetzige – wie heißt sie noch? – die Verheiratete und mußte mit ihr hierher, nach dem Kaukasus fliehen, angeblich der Ideale wegen. Wenn nicht heute, so morgen wird er ihrer überdrüssig und brennt nach Petersburg durch, auch der Ideale wegen.«

»Woher weißt du das?« brummte Samoilenko mit einem bösen Blick auf den Zoologen. »Iß doch lieber.«

Der Bursche brachte gekochte Thunfische mit polnischer Sauce. Samoilenko legte jedem seiner Pensionäre einen ganzen Fisch auf den Teller und goß eigenhändig die Sauce darüber. Ein paar Minuten vergingen im Schweigen.

»Das Weib spielt eine wesentliche Rolle im Leben jedes Menschen«, sagt der Diakon, »dabei ist nichts zu machen.«

»Ja, aber in welchem Grade? Jeder von uns hat ein Weib zur Mutter, zur Schwester, zur Frau, zur Freundin, aber für Lajewskij ist das Weib alles und zudem nur in seiner Eigenschaft als Maitresse. Sie, das heißt das Zusammenleben mit ihr, bildet das Glück und den Zweck seines Daseins. Fröhlich, traurig, gelangweilt, enttäuscht macht ihn nur das Weib. Sein Leben ist verpfuscht: das Weib ist daran schuld. Die Morgenröte eines neuen Lebens ist ihm aufgegangen: suche das Weib. Ihn interessieren nur die Bücher und Bilder, wo das Weib vorkommt. Unsere Zeit ist seiner Ansicht nach nur darum traurig und schlechter als die vierziger und sechziger Jahre, weil wir es nicht verstehen, uns der Liebesekstase und Leidenschaft bis zur Bewußtlosigkeit hinzugeben. Wäre er Gelehrter oder Schriftsteller, er würde die Welt mit einer Abhandlung beglücken: Die Prostitution im alten Ägypten, oder: Das Weib im dreizehnten Jahrhundert oder so was. Diese Freunde der Leidenschaft haben wahrscheinlich im Gehirn irgendein krebsartiges Gewächs, das das ganze Hirn überwuchert und über dem ganzen Geistesleben dominiert. Sehen Sie sich mal Lajewskij an, wenn er in Gesellschaft ist. Sobald in seiner Nachbarschaft eine allgemeine Frage aufs Tapet gebracht wird, z. B. der Instinkt, sitzt er da und hört nicht zu. Er sieht finster und blasiert aus, nichts interessiert ihn, alles ist schlecht und nichtig. Sobald man aber von Männchen und Weibchen anfängt, z. B. daß bei den Spinnen das Weibchen nach der Begattung das Männchen auffrißt, gleich brennen seine Augen vor Neugierde, sein Gesicht erhellt sich, kurz, der ganze Mensch lebt auf. Alle seine Gedanken, wie edel, erhaben oder unqualifizierbar sie sein mögen, haben denselben gemeinsamen Ausgangspunkt. Geht man mit ihm auf der Straße, und es begegnet einem z. B. ein Esel, so fragt er: ›Sagen Sie doch, bitte, Verehrtester, was kommt dabei heraus, wenn man eine Eselin mit einem Kamel sich kreuzen läßt?‹ Und die Träume. Hat er Ihnen einmal seine Träume erzählt? Das ist großartig. Einmal träumt ihm, daß er mit dem Monde verheiratet ist, ein andermal, daß er auf die Polizei gerufen wird und dort den Befehl erhält, mit einer Gitarre ehelichen Verkehr zu pflegen.«

Der Diakon lachte hell auf. Samoilenko runzelte die Stirn und legte sein Gesicht in zornige Falten, um nicht auszuplatzen. Er hielt es aber nicht aus und fing plötzlich laut zu lachen an.

»Das ist alles nicht wahr«, sagte er und wischte sich die Tränen, »das ist bei Gott nicht wahr!«

4.

Der Diakon lachte bei dem geringfügigsten Anlaß so, daß er sich die Seiten hielt und fast umfiel. Er liebte scheinbar nur deshalb mit Menschen zu verkehren, weil sie lächerliche Seiten hatten und man ihnen komische Spitznamen geben konnte. Samoilenko nannte er: die Tarantel, und seinen Burschen: den Enterich, und entzückt war er gewesen, als Herr von Koren einmal Lajewskij und Nadeschda Fjodorowna: die Schmeißfliegen getauft hatte. – Er blickte einem durstig ins Gesicht und hörte zu, ohne mit den Wimpern zu zucken, und man sah wie seine Augen lächelten und sein Gesicht in krampfhafter Spannung des Augenblicks wartete, wo er loslassen und sich vor Lachen schütteln könnte.

»Er ist ein verkommenes und entartetes Subjekt«, fuhr der Zoolog fort, und der Diakon bohrte in der Erwartung einer komischen Wendung seine Augen in Korens Gesicht, »solch eine absolute Null trifft man selten. Am Körper ist er welk, matt und alt, und an Geist steht er nicht über einer dicken Krämersfrau, die weiter nichts tut, als schlingen und trinken, die auf Federn schläft und sich von ihrem Kutscher lieben läßt.«

Der Diakon fing wieder zu lachen an.

»Lachen Sie doch nicht, Diakon«, sagte Herr von Koren, »das wird allmählich albern. – Ich hätte dieser Null überhaupt keine Aufmerksamkeit geschenkt«, fuhr er fort, als der Diakon sich ausgelacht hatte, »ich wäre an ihm vorbeigegangen, wenn er nicht so schädlich und gefährlich wäre. Seine Gefährlichkeit liegt besonders darin, daß er Erfolg bei den Frauenzimmern hat und auf solche Weise droht, sich fortzupflanzen und der Welt vielleicht ein Dutzend solche matte, entartete Lajewskijs zu schenken, wie er selbst einer ist. Zweitens ist er hochgradig ansteckend. Vom Whist und Bier hab' ich schon gesprochen. Noch zwei Jahre, und der ganze kaukasische Stand ist davon ergriffen. Sie wissen doch, wie sehr die Masse, besonders die Mittelschicht an die Intelligenz glaubt, an die Universitätsbildung, an vornehme Manieren und an eine literarische Sprache. Was für eine Gemeinheit er auch begeht, alle glauben, daß es schön ist und so sein muß, da er doch ein intelligenter und liberaler Mensch mit akademischer Bildung ist. Zudem ist er ein Pechvogel, ein überflüssiger Mensch, Neurastheniker, ein Opfer der Zeit, folglich ist ihm alles erlaubt. Er ist ein netter Kerl, ein reizender Mensch und so nachsichtlich gegen die menschlichen Schwächen; ist kein Spielverderber, gar nicht stolz, und man kann in seiner Gesellschaft stets trinken, schimpfen oder klatschen ... Die Masse, die in der Religion und in der Moral immer zu Antropomorphismus neigt, liebt ganz besonders solche Götzen, die die gleichen Schwächen haben, wie sie selbst. Urteilen Sie nun selbst, wie groß die Ansteckungsmöglichkeiten sind! Außerdem ist er kein schlechter Komödiant und ein geschickter Heuchler und weiß recht gut, wie man den Stier an den Hörnern packt. Beachten Sie doch nur seine Kunststücke und Redensarten, z. B. sein Verhältnis zur Kultur. Keinen blauen Dunst hat er von Kultur, und doch jammert er: ›Wie sind wir alle von der Kultur verdorben! Wie beneide ich die Wilden, diese Kinder der Natur, die nichts von Zivilisation wissen!‹ Das muß man nämlich so auffassen: vor Zeiten, sehen Sie, war er mit Leib und Seele der Kultur ergeben, hatte ihr gedient, hatte sie durch und durch erfaßt, aber sie hat ihn ermüdet, enttäuscht und betrogen. Er ist nämlich ein zweiter Faust, ein zweiter Tolstoi. Den Schopenhauer oder Spencer behandelt er von oben herab, wie dumme Jungen und klopft sie väterlich auf die Schulter: ›Nun, liebster Spencer?‹ Er hat den Spencer natürlich nicht gelesen, aber wie schön nimmt es sich aus, wenn er mit leichter Ironie von seiner Gnädigen sagt: ›Sie hat den Spencer gelesen!‹ Und alle hören ihm zu, und niemand will einsehen, daß dieser Scharlatan nicht nur kein Recht hat, über Spencer in diesem Tone zu sprechen, sondern auch die Schuhsohle Spencers zu küssen! Die Kultur und alle Autoritäten und fremde Altäre beschimpfen und mit Kot bespritzen, mit verächtlichem Achselzucken von ihnen sprechen, nur um seine eigene Schwäche und geistige Armut zu maskieren, – das kann nur ein eingebildetes, niedriges und gemeines Tier!«

»Ich weiß wirklich nicht, Kolja, was du von ihm willst«, sagte Samoilenko, den Zoologen nicht mehr erbost, sondern wie schuldbewußt anblickend. »Er ist ein Mensch wie alle. Natürlich nicht ohne Fehler, aber er steht auf der Höhe der modernen Ideen, dient dem Staate und nützt dem Vaterlande. Vor zehn Jahren war hier als Agent ein altes Männchen angestellt, ein Mensch von ungewöhnlichem Verstand. Und dieser pflegte zu sagen ...«

»Genug, genug«, unterbrach ihn der Zoolog. »Du sagst, daß er dem Staate dient? Aber wie? Gibt es hier seit seiner Ankunft mehr Ordnung im Amte, oder sind die Beamten ehrlicher und höflicher geworden? Im Gegenteil: durch seine Autorität eines intelligenten Menschen und Akademikers hat er ihre Liederlichkeit nur sanktioniert. Pünktlich ist er nur immer am Zwanzigsten, wo er sein Gehalt bekommt. An allen anderen Tagen schlürft er in Morgenschuhen durch seine Zimmer und bemüht sich, ein Gesicht zu machen, als ob er der russischen Regierung einen großen Gefallen damit erweise, daß er auf dem Kaukasus sitzt. Nein, Alexander Dawidowitsch, tritt für ihn nicht ein. Du bist vom Anfang bis ans Ende nicht aufrichtig. Wenn du ihn wirklich liebtest und für deinen Nächsten hieltest, so wärest du nicht so gleichgültig gegen seine Fehler, sondern hättest dich zu seinem eigenen Besten bemüht, ihn unschädlich zu machen.«

»Was meinst du damit?«

»Ihn unschädlich machen. Da er unverbesserlich ist, gibt es nur ein Mittel, ihn unschädlich zu machen.« Herr von Koren fuhr sich mit dem Zeigefinger um den Hals. »Oder man könnte ihn vielleicht ersäufen«, fuhr er fort, »im Interesse der Menschheit müssen solche Menschen vernichtet werden. Unbedingt.«

»Was redest du denn da?« knurrte Samoilenko, stand auf und starrte erstaunt auf das ruhig kalte Gesicht des Zoologen. »Diakon, was will er eigentlich? – Bist du übergeschnappt?«

»Ich bestehe nicht auf der Todesstrafe«, sagte Herr von Koren, »wenn ihre Schädlichkeit nachgewiesen ist, muß man etwas anderes ausdenken. Wenn man Lajewskij nicht vertilgen kann, muß man ihn isolieren, ihn ins Zuchthaus stecken.«

»Was für ein Wahnsinn!« ächzte Samoilenko erschrocken. »Nimm doch Pfeffer«, schrie er plötzlich mit verzweifeltem Ausdruck, als er bemerkte, daß der Diakon die farcierten Rüben ohne Pfeffer aß. – »Wie kann ein so kluger Mensch solchen Unsinn reden. Unseren Freund, einen so intelligenten Menschen, der sich nichts gefallen zu lassen braucht, ins Zuchthaus stecken!«

»Wenn er sich's nicht gefallen läßt und sich wehrt – muß er Handschellen bekommen.«

Samoilenko konnte überhaupt nichts mehr sagen und gestikulierte nur heftig. Der Diakon sah ihm ins entsetzte, tatsächlich komische Gesicht und fing an zu lachen.

»Brechen wir ab«, sagte der Zoolog, »nur dies eine will ich dir noch sagen, Alexander Dawidowitsch: die Gesellschaft der Urzeit war von solchen Elementen wie Lajewskij durch den Kampf ums Dasein geschützt. Unsere Kultur hat diesen Kampf bedeutend abgeschwächt, da müssen wir selbst für die Vernichtung der Gemeinen und Unnützen Sorge tragen. Denn wenn die Lajewskijs sich vermehren, geht die Zivilisation flöten, und die Menschheit entartet vollständig. Und daran sind wir dann selbst schuld.«

»Wenn man die Leute aufhängen und ertränken soll«, sagte Samoilenko, »so hol' der Teufel deine ganze Kultur und deine ganze Menschheit. Sakrament! Ich will dir nur was sagen: du bist ein sehr gelehrter und sehr kluger Mensch, ein Ruhm deines Vaterlandes. Aber dich haben die Deutschen verdorben, die gottverfluchten Deutschen.«

Seit seiner Rückkehr aus Dorpat, wo er Medizin studiert hatte, sah Samoilenko selten einen Deutschen und las nie ein deutsches Buch, war aber davon fest überzeugt, daß alles Schlechte in Politik und Wissenschaft von den Deutschen stamme. Woher er diese Ansicht hatte, war ihm selbst nicht bekannt. Aber er hielt fest daran.

»Ja, diese Deutschen«, wiederholte er noch einmal, »jetzt aber wollen wir unseren Tee trinken.«

Sie erhoben sich, nahmen die Hüte, gingen in den Garten und setzten sich in den Schatten der blassen Ahorn-, Birn- und Kastanienbäume. Der Zoolog und der Diakon saßen auf der Bank am Tisch und Samoilenko in einem geflochtenen Stuhl mit breiter, geneigter Lehne. Der Bursche brachte Tee, Fruchtsaft und eine Flasche Sirup.

Es war sehr heiß, fünfunddreißig Grad im Schatten. Die Luft war eingeschlafen, unbeweglich, und ein langes Spinnengewebe hing schlaff von der Kastanie bis zum Boden herab und rührte sich nicht.

Der Diakon ergriff eine Gitarre, die beim Tisch auf der Erde lag, stimmte sie und begann leise zu singen: »O wonnevolle Jugendzeit«, hörte aber gleich auf, es war zu heiß. Er wischte den Schweiß von der Stirn und schaute nach oben, in den blauen glühenden Himmel. Samoilenko nickte langsam ein. Die Glut, die Stille und die süße Nachmittagsschläfrigkeit machten ihn schwach und gleichsam trunken. Seine Arme fielen herab, seine Augen wurden klein, sein Kopf sank auf die Brust.

Mit gerührten Tränen sah er Herrn von Koren und den Diakon an und flüsterte:

»Die junge Generation – der Stern der Wissenschaft und die Leuchte der Kirche – Pass' mal auf, das langröckige Halleluja wird's noch mal zum Metropoliten bringen – dann muß ich ihm die Hand küssen – Ja, ja – Gott geb' es –«

Bald darauf schnarchte er. Herr von Koren und der Diakon tranken ihren Tee aus und gingen auf die Straße hinaus.

»Gehen Sie wieder an den Hafen Kaulbarsche fangen?« fragte der Zoolog.

»Nein. Bei der Hitze –«

»Kommen Sie zu mir. Sie können einige Sendungen packen und vielleicht etwas abschreiben. Dabei können wir auch besprechen, was Sie tun sollen. Sie müssen arbeiten, Diakon. Das geht nicht so.«

»Was Sie sagen, ist richtig und logisch«, erwiderte der Diakon, »aber eine Entschuldigung meiner Faulheit liegt in meinen augenblicklichen Verhältnissen. Sie wissen ja selbst, daß so eine Unbestimmtheit einen apathisch macht. Der liebe Gott allein mag wissen, ob ich nur vorübergehend oder dauernd hier bin. Ich lebe hier in der Fremde, und zu Hause sitzt meine Frau bei meinem Vater und fühlt sich unbehaglich und langweilt sich. Und mir ist, offen gestanden, vor der Hitze alles Gehirn zerschmolzen.«

»Das ist lauter Blech«, sagte der Zoolog, »an die Hitze kann man sich gewöhnen und an das Leben ohne Frau auch. Man muß nicht so weich gegen sich sein. Der Mensch soll sich in Disziplin nehmen.«

5.

Am nächsten Morgen ging Nadeschda Fjodorowna zum Baden, begleitet von ihrer Köchin Olga, die einen Krug, eine große Messingschüssel, die Handtücher und den Schwamm trug. Auf der Reede lagen zwei fremde Dampfer mit schmutzig-weißen Schornsteinen, offenbar ausländische Frachtschiffe. Einige Männer in weißer Kleidung gingen am Bollwerk entlang und schrien laut auf französisch; von den Schiffen wurde geantwortet. Von der kleinen Stadtkirche klang helles Glockengeläut herüber.

»Heute ist ja Sonntag«, erinnerte sich Nadeschda Fjodorowna und freute sich darüber.

Sie fühlte sich vollkommen gesund und war in fröhlicher Feiertagsstimmung. In dem neuen, weiten Kleid aus Rohseide und mit dem großen Strohhut, dessen breite Ränder an den Seiten herabgebogen waren, so daß ihr Gesicht wie aus einem Körbchen hervorlugte, kam sie sich sehr niedlich vor. Wußte sie doch, daß es in der ganzen Stadt nur eine junge, hübsche und intelligente Dame gab. Und das war sie. Und sie allein verstand sich billig, elegant und geschmackvoll zu kleiden. Dieses Kleid zum Beispiel kostete nur zweiundzwanzig Rubel, und wie nett war es doch. In der ganzen Stadt vermochte sie allein zu gefallen, und Männer gab es viel. So mußte jeder wohl oder übel auf Lajewskij neidisch sein.

Sie war froh, daß Lajewskij sie in der letzten Zeit kühl, gezwungen höflich und zeitweise sogar unverschämt und grob behandelte. Früher hätte sie auf seine Ausfälle, seine verachtungsvollen, kühlen oder seltsam unverständlichen Blicke mit Tränen geantwortet, mit Vorwürfen oder der Drohung, fortzulaufen oder ihrem Leben durch Verhungern ein Ende zu machen. Jetzt errötete sie nur darauf, sah ihn schuldbewußt an und freute sich, daß er nicht zärtlich war. Hätte er Scheltworte und Drohungen ausgestoßen, so wäre es ihr noch lieber und angenehmer gewesen. Denn sie fühlte sich ihm gegenüber durch und durch schuldig. Vor allem deswegen, weil sie seine Gedanken von einem arbeitsamen Leben nicht teilte, die ihn getrieben hatten, Petersburg zu verlassen und in den Kaukasus zu ziehen. Sie war überzeugt, dies wäre der Grund seiner augenblicklichen Mißstimmung gegen sie.

Während der Reise nach dem Kaukasus glaubte sie, dort am ersten Tage ein bescheidenes Stückchen Land am Strande zu finden, ein gemütliches, schattiges Gärtchen mit Vögeln und Bächen, wo man Blumen und Gemüse ziehen, Enten und Hühner halten, wo man Besuch von seinen Nachbarn empfangen und Bettler erquicken und Traktätchen an sie verteilen könnte. Aber was war der Kaukasus? Kahle Berge, Wälder und weite Täler. Dort mußte man lange wählen, beraten und erwägen, bevor man ein Stück Land kaufte. Nachbarn gab es überhaupt nicht, furchtbar heiß war es, und außerdem war man in steter Furcht vor Räubern. Lajewskij beeilte sich nicht mit dem Landkauf, und sie freute sich darüber. Sie hatten sich gleichsam in Gedanken verabredet, des arbeitsamen Lebens nicht zu erwähnen. Er spricht nicht davon, dachte sie, also ärgert er sich darüber, daß ich nicht davon spreche.

Zweitens war sie ohne sein Wissen in diesen zwei Jahren für verschiedene Kleinigkeiten dreihundert Rubel im Laden von Atschmianow schuldig geblieben. Bald hatte sie etwas Stoff gebraucht, bald etwas Seide, bald einen Sonnenschirm und so hatte sich unmerklich diese Schuld angehäuft.

»Heute noch will ich's ihm sagen«, beschloß sie, aber sofort fiel ihr ein, daß es bei der jetzigen Stimmung Lajewskijs nicht der rechte Moment sei zu beichten.

Drittens hatte sie schon zweimal in Lajewskijs Abwesenheit den Polizeipristaw Kirillin bei sich empfangen. Einmal am Morgen, als Lajewskij im Bade war, und einmal in der Nacht, als er Karten spielte. Als Nadeschda Fjodorowna daran dachte, wurde sie ganz erregt und schaute sich nach der Köchin um, als fürchte sie, die könnte ihre Gedanken lesen. Wie war das gekommen? Die langen, unerträglich heißen, langweiligen Tage, die schönen, quälenden Abende, die schwülen Nächte und dies ganze Leben, wo man vom Morgen bis zum Abend nicht wußte, was man mit seiner freien Zeit anfangen sollte, der hartnäckige Gedanke, daß sie die hübscheste und jüngste Frau in der Stadt wäre und daß ihre Jugend so ungenutzt vorbeigehen mußte, und dann Lajewskij – er war ja ein anständiger, idealistischer Mensch, aber so eintönig, ewig schlürfte er mit seinen Pantoffeln, kaute seine Nägel und langweilte sie mit seinen Launen. Das alles hatte gemacht, daß sie allmählich von Wünschen erfaßt wurde und schließlich wie irrsinnig Tag und Nacht nur das eine dachte. In ihrem eigenen Atem, in ihren Blicken, dem Tonfall ihrer Stimme und ihrem Gang spürte sie nur diesen Wunsch. Das Rauschen des Meeres, das nächtliche Dunkel, die Berge riefen ihr zu: Du sollst lieben. Und als der Pristaw Kirillin anfing, ihr den Hof zu machen, hatte sie nicht die Kraft noch den Wunsch, sich zur Wehr zu setzen, und gab sich ihm hin … Jetzt riefen ihr die ausländischen Dampfer und die Leute in Weiß seltsamerweise einen großen Saal ins Gedächtnis. Zugleich mit den französischen Worten ertönten in ihren Ohren die Klänge eines Walzers, und ihre Brust erzitterte vor grundloser Freude. Sie bekam Lust zu tanzen und französisch zu sprechen.

Fröhlich erwog sie, daß ihre Untreue nicht so schlimm sei. Ihre Seele hatte keinen Teil daran gehabt. Sie liebte Lajewskij noch immer, sonst wäre sie nicht eifersüchtig auf ihn und würde nicht traurig sein und sich langweilen, wenn er nicht zu Hause war. Kirillin erschien ihr dumm, ungehobelt und uninteressant. Zwischen ihr und ihm war schon wieder alles aus, für immer. Was vergangen, kam nicht wieder. Niemand ging das was an, und wenn man Lajewskij davon erzählte, würde er es nicht glauben.

Am Strande gab es nur ein Badehaus für die Damen, die Herren badeten unter freiem Himmel. Nadeschda Fjodorowna traf im Badehaus eine ältliche Dame, die Beamtenfrau Marja Konstantinowna Bitjugow mit ihrer fünfzehnjährigen Tochter Katja, die noch zur Schule ging. Beide saßen auf der Bank und zogen sich aus. Marja Konstantinowna war eine gute, sentimentale, ewig entzückte und rücksichtsvolle Dame, sie sprach singend und voll Pathos. Bis zu ihrem zweiunddreißigsten Jahre war sie Gouvernante gewesen, dann hatte sie den Beamten Bitjugow geheiratet, ein kleines kahlköpfiges Männchen, das seine Haare über die Schläfen gekämmt trug und sehr friedlicher Natur war. Bis zum heutigen Tag war sie verliebt in ihn und eifersüchtig. Sie errötete, wenn sie das Wort »Liebe« hörte, und versicherte allen, daß sie glücklich wäre.

»Meine Teuere«, sagte sie entzückt, als sie Nadeschda Fjodorowna erblickte, und nahm den Ausdruck an, den ihre sämtlichen Bekannten ihr Lindenblütengesicht nannten, »meine Liebe, wie nett, daß Sie kommen. Wir werden zusammen baden. Das ist entzückend!«

Olga streifte schnell Kleid und Hemd ab und begann ihre Herrin zu entkleiden.

»Heute ist es nicht so heiß wie gestern. Nicht wahr?« sagte Nadeschda Fjodorowna und erschauerte unter den rauhen Berührungen der nackten Köchin, »gestern wäre ich fast gestorben vor Hitze.«

»Ach ja, meine Liebe, ich selbst wäre bald erstickt. Werden Sie es glauben? Ich habe gestern dreimal gebadet. Stellen Sie sich das vor, dreimal. Nikodim Alexandrowitsch hat sich wirklich geärgert. – Na, na, Mascha, hat er gesagt, was soll das denn sein?«

›Kann man denn wirklich so häßlich aussehen?‹ dachte Nadeschda Fjodorowna und sah Olga und die alte Dame an, dann blickte sie auf Katja und dachte: ›Das Mädel ist nicht übel gewachsen.‹

»Ihr Herr Gemahl ist reizend«, sagte sie dann, »ich bin einfach verliebt in ihn.«

»Hahaha«, lachte Marja Konstantinowna gezwungen, »das ist entzückend!«

Als sie entkleidet war, fühlte Nadeschda Fjodorowna das Verlangen zu fliegen. Und es war ihr, als brauchte sie nur die Arme zu heben, um emporgetragen zu werden.

Sie bemerkte, daß Olga ihren weißen Körper verächtlich musterte. Olga war eine junge Soldatenfrau und lebte mit ihrem gesetzmäßigen Mann, darum hielt sie sich für höherstehend und besser als ihre Herrin. Nadeschda Fjodorowna empfand auch, daß Marja Konstantinowna und Katja sie nicht achteten. Das war unangenehm, und um in ihren Augen zu steigen, sagte sie:

»Bei uns in Petersburg ist jetzt das Villenleben in vollem Flor. Ich und mein Mann, wir haben sehr viel Bekannte. Ich würde gern mal hin, sie wiedersehen.«

»Nicht wahr, Ihr Herr Gemahl ist Ingenieur?« fragte Marja Konstantinowna schüchtern.

»Ich meine Lajewskij. Er hat sehr viel Bekannte. Leider ist seine Mutter eine stolze Aristokratin, eine beschränkte ...«

Sie sprach nicht aus und sprang ins Wasser. Marja Konstantinowna und Katja folgten ihr.

»In unseren Kreisen gibt's so viele Vorurteile«, fuhr Nadeschda Fjodorowna fort, »das Leben da ist nicht so leicht, als man glaubt.«

Marja Konstantinowna war in aristokratischen Häusern Gouvernante gewesen und kannte die Gebräuche der vornehmen Welt.

»O ja«, sagte sie, »denken Sie sich, meine Liebe, bei Garatynskijs wurde zum Frühstück und zu Mittag Toilette verlangt. So bezog ich, wie eine Schauspielerin, außer meiner Gage noch ein Garderobengeld.«

Sie stellte sich zwischen Nadeschda Fjodorowna und Katja, als wollte sie ihre Tochter von dem Wasser fernhalten, das Nadeschda Fjodorowna umspülte. Durch die offene Tür, die ins Meer hinausführte, sah man, wie jemand hundert Schritt vom Badehaus umherschwamm.

»Mama, das ist unser Kostja«, sagte Katja.

»Ach Gott, ach Gott«, jammerte Marja Konstantinowna erschrocken. »Ach Gott, Kostja«, schrie sie, »kehr um! Kostja, kehr um!«

Der vierzehnjährige Kostja kokettierte vor Mutter und Schwester mit seinem Mut, tauchte unter und schwamm weiter, aber bald wurde er müde und schwamm schnell zurück. Seinem ernsthaften, angestrengten Gesicht sah man an, daß er seinen Kräften nicht traute.

»Es ist ein Unglück mit dem Jungen, meine Liebe«, sagte Marja Konstantinowna, als sie sich beruhigt hatte, »eins, zwei, drei, bricht sich so einer den Hals. Ach, meine Liebe, wie schön und doch wie schwer ist es, eine Mutter zu sein. Man ist immer in Angst.«

Nadeschda Fjodorowna setzte ihren Strohhut auf und schwamm ins Meer hinaus. Sie schwamm zehn Meter weit, dann legte sie sich auf den Rücken. Sie sah das Meer bis zum Horizont, die Dampfer, die Leute am Ufer, die Stadt, und das alles im Verein mit der Hitze und den klaren Wellen erregte sie und flüsterte ihr zu: Du sollst leben, leben. An ihr vorbei schoß schnell, energisch durch Wellen und Luft schneidend, ein kleines Segelboot. Der Mann am Steuer schaute sie an, und es war ihr angenehm, daß sie angeschaut wurde –

Nach dem Bade zogen die Damen sich an und gingen zusammen heim.

»Ich habe jeden zweiten Tag Fieber, aber ich nehme dadurch nicht ab«, sagte Nadeschda Fjodorowna, leckte ihre Lippen, die vom Bade salzig waren, und erwiderte lächelnd die Grüße der Bekannten, »ich war immer ziemlich voll, aber ich glaube, ich bin jetzt noch voller geworden.«

»Da kommt es ganz auf die Anlage an. Wenn einer keine Anlage hat, stark zu werden, wie zum Beispiel ich, so hilft keine Mastkur. Aber, meine Liebe, Sie haben Ihren Hut ja ganz aufgeweicht.«

»Macht nichts, er trocknet wieder.«

Nadeschda Fjodorowna sah wieder die Männer in Weiß, die auf dem Kai auf- und abgingen und französisch sprachen; in ihrer Brust regte sich wieder – sie wußte selbst nicht, warum – ein freudiges Gefühl und sie erinnerte sich eines großen Saales, in dem sie einst getanzt, oder von dem sie vielleicht nur geträumt hatte. Und etwas flüsterte ihr aus der Tiefe ihrer Seele zu, daß sie ein gemeines, kleinliches, verworfenes Frauenzimmer sei ...

Marja Konstantinowna blieb an ihrer Tür stehen und lud sie ein, auf einen Augenblick einzutreten.

»Meine Teuere, kommen Sie«, sagte sie mit flehender Stimme und sah Nadeschda Fjodorowna ängstlich an und hoffte, sie würde nein sagen und nicht kommen.

»Mit Vergnügen«, sagte Nadeschda Fjodorowna, »Sie wissen, wie gern ich bei Ihnen bin.«

Und sie trat ein. Marja Konstantinowna nötigte sie zum Sitzen und setzte ihr Kaffee und Buttersemmeln vor. Nachher zeigte sie ihr die Photographien ihrer früheren Schülerinnen, der Garatynskijs, die jetzt schon verheiratet waren. Auch Katjas und Kostjas Schulzeugnisse zeigte sie vor. Sie waren vortrefflich, aber sie mühte sich, sie in noch besseres Licht zu setzen durch Klagen darüber, wie schwer es jetzt die Kinder in den Schulen hätten. Sie war überaus liebenswürdig gegen ihren Gast, aber gleichzeitig litt sie unter dem Gedanken, daß Nadeschda Fjodorownas Anwesenheit einen schlechten Einfluß auf Katjas und Kostjas Moral ausüben könnte. Froh war sie, daß ihr Nikodim Alexandrowitsch nicht zu Hause war. Da nach ihrer Ansicht alle Männer »diese Sorte« liebten, so hätte Nadeschda Fjodorowna auch auf Nikodim Alexandrowitsch einen schlechten Einfluß ausüben können.

Während des ganzen Gespräches dachte Marja Konstantinowna daran, daß heute abend ein Picknick stattfinden sollte und Herr von Koren flehentlich gebeten hatte, den Schmeißfliegen, das heißt Lajewskij und Nadeschda Fjodorowna, nichts davon zu sagen. Aber unverhofft verplapperte sie sich, wurde feuerrot und sagte verwirrt:

»Ich hoffe, Sie kommen auch ...«

6.

Man hatte ausgemacht, auf der Landstraße sieben Werst nach Süden zu fahren, in der Nähe des dort befindlichen Wirtshauses Halt zu machen, am Zusammenfluß zweier Bäche, des Schwarzen und des Gelben. Dort wollte man sich eine Fischsuppe kochen. Kurz nach fünf wurde abgefahren. Voraus fuhren in einem Charaban Samoilenko und Lajewskij, dann kamen in einer Kalesche mit drei Pferden Marja Konstantinowna, Nadeschda Fjodorowna, Katja und Kostja; sie hatten den Proviant und das Eßgeschirr bei sich. In der nächsten Equipage saßen der Pristaw Kirillin und der junge Atschmianow, der Sohn des Kaufmanns, dem Nadeschda Fjodorowna die dreihundert Rubel schuldete, und ihnen gegenüber auf dem schmalen Rücksitz, sich kleinmachend, mit unter die Bank gezogenen Füßen, saß Nikodim Alexandrowitsch, klein und akkurat, mit vorwärts gekämmten Haaren. Im letzten Wagen saßen Herr von Koren und der Diakon, zu dessen Füßen ein Korb mit Fischen stand.

»Rechts ausweichen!« schrie Samoilenko aus vollem Halse, wenn ihnen ein Ochsenkarren oder ein reitender Tatar auf seinem Esel begegnete.

»Nach zwei Jahren, wenn ich die Mittel und die Leute beisammen habe, veranstalte ich eine Expedition«, erzählte Herr von Koren dem

Diakon,« »ich will am Ufer entlang von Wladiwostok bis zur Behringstraße und von dort bis zur Jenissejmündung ziehen. Wir wollen eine neue Karte anfertigen, die Fauna und Flora studieren und uns besonders auf geologische, anthropologische und ethnographische Forschungen verlegen. Es hängt nur von Ihnen ab, ob Sie mitwollen oder nicht.«

»Das geht nicht«, sagte der Diakon.

»Warum?«

»Ich bin ein abhängiger, verheirateter Mensch.«

»Ihre Frau wird Sie schon ziehen lassen. Noch besser wär' es, Sie überredeten sie, um des gemeinsamen Besten willen ins Kloster zu gehen. Das würde es Ihnen möglich machen, auch Mönch zu werden und als Hieromonach die Expedition mitzumachen. Das richte ich schon für Sie ein.«

Der Diakon sagte nichts.

»Sind Sie in Ihrem theologischen Kram gut beschlagen?« fragte der Zoolog.

»Nicht besonders.«

»Hm ... Ich kann Ihnen hierin keinen Rat geben, denn ich verstehe selbst nicht viel von Theologie. Geben Sie mir ein Verzeichnis der Bücher, die Sie nötig haben. Ich schicke sie Ihnen dann im Winter aus Petersburg. Sie werden auch die Aufzeichnungen der geistlichen Reisenden lesen müssen. Es gibt gute Ethnologen und Kenner der orientalischen Sprachen darunter. Wenn Sie ihre Art erst kennen gelernt haben, werden Sie leichter an die Arbeit gehen. Na, und so lange Sie keine Bücher haben, kommen Sie nur zu mir. Ich zeige Ihnen den Gebrauch des Kompasses und des Sextanten und unterrichte Sie ein wenig in der Meteorologie. Ohne das kommt man nicht durch.«

»Das ist so eine Sache«, murmelte der Diakon und lachte, »ich bewerbe mich um eine Pfarre in Mittelrußland, und mein Onkel, der Geistliche, hat mir seine Protektion versprochen. Wenn ich mit Ihnen gehe, so hätte ich ihn also ganz umsonst bemüht.«

»Ich begreife Ihr Zaudern nicht. Wenn Sie ein gewöhnlicher Diakon bleiben und nur an Feiertagen Gottesdienst halten, an den anderen Tagen aber sich einfach von dieser Arbeit erholen, dann sind Sie auch nach zehn Jahren genau derselbe wie jetzt, nur der Bart ist Ihnen unterdes vielleicht gewachsen. Wenn Sie aber nach zehn Jahren von der Expedition zurückkehren, werden Sie ein ganz anderer Mensch sein und reicher in dem Bewußtsein, eine Tat vollbracht zu haben.«

Aus der Equipage der Damen erschollen erschreckte und entzückte Rufe. Der Weg war hier in das steile, felsige Flußufer hineingesprengt, und man hatte das Gefühl, als führe man auf einem Brett, das an der hohen Felswand befestigt war, und müsse jeden Augenblick in den Abgrund stürzen. Rechts breitete sich das Meer, links ragte die braune, rauhe Wand empor mit ihren schwarzen Flecken, den roten Adern und den entblößten Baumwurzeln. Und von oben schauten gleichsam erschreckt und neugierig vorgebeugt dichte Tannenzweige hernieder. Gleich darauf wieder Gekreisch und Gelächter: die Fahrt ging unter einem riesigen, überhängenden Felsblock durch.

»Ich weiß selbst nicht, warum ich mitgefahren bin«, sagte Lajewskij, »wie dumm und verdreht ist das. Ich muß nach Norden, muß entfliehen, muß mich retten, und fahre, weiß der Kuckuck warum, zu diesem albernen Picknick.«

»Aber sieh doch, diese Aussicht«, sagte Samoilenko, als der Weg eine Wendung nach links machte und sich das Tal des Gelben Baches vor ihnen auftat und der Bach selbst erglänzte, gelb, trüb, toll.

»Ach, Sascha, ich finde darin nichts Schönes«, entgegnete Lajewskij, »diese ewige Entzücktheit von der Natur ist ein Zeichen von dürftiger Phantasie. Verglichen mit dem, was meine Phantasie mir vorzaubern kann, sind alle diese Bäche und Felsen ein Dreck und weiter nichts.«

Man fuhr schon am Ufer des Baches entlang, die hohen Felswände traten allmählich zusammen, das Tal wurde enger und schien in einen schmalen Spalt auszulaufen. Den Felsberg, an dem sie entlang fuhren, hatte die Natur aus ungeheuren Steinen aufgetürmt, die mit einer so entsetzlichen Wucht aufeinanderpreßten, daß Samoilenko bei ihrem Anblick jedesmal unwillkürlich stöhnte. Der schöne, finstere Berg war hier und da von schmalen Spalten und Schluchten durchschnitten, aus denen es feucht und geheimnisvoll hervorwehte. Durch die Schluchten sah man andere Berge, braune, rosige, violette, nebelige und lichtübergossene, zuweilen ertönte aus einer Spalte das Rauschen von Wasser, das aus der Höhe über die Steine herabstürzte.

»Ach Gott, die verdammten Berge«, seufzte Lajewskij, »sie sind mir so langweilig geworden.«

Dort, wo der Schwarze Bach in den Gelben mündete und das tintenschwarze Wasser das gelbe verdunkelte und mit ihm kämpfte, stand seitwärts an der Straße das Wirtshaus des Tataren Kerbalai mit einer russischen Fahne auf dem Dach und einem Schild, auf dem mit Kreide stand: »Zum guten Wirtshaus«. Dabei war ein kleiner Garten mit einem Zaun aus Flechtwerk, dort standen Tische und Bänke und zwischen dem kümmerlichen Dorngestrüpp eine einzige einsame Zypresse, schön und dunkel.

Der kleine bewegliche Tatar Kerbalai stand in blauem Hemd und weißer Schürze am Wege und verbeugte sich, die Hand auf dem Magen, tief vor den Equipagen und zeigte lächelnd seine glänzend weißen Zähne.

»'n Abend, Kerbalai«, rief Samoilenko, »wir fahren noch etwas weiter. Schaff' uns den Samowar und Stühle hin. Flink!«

Kerbalai nickte mit seinem geschorenen Kopf und brummte etwas. Nur die Insassen des letzten Wagens konnten es verstehen:

»Forellen sind da, Exzellenz.«

»Mitbringen!« schrie Herr von Koren ihm zu.

Fünfhundert Schritt hinter dem Wirtshaus hielt man. Samoilenko hatte sich für eine kleine Wiese entschieden, auf der Steine zum Sitzen verstreut lagen. Auch eine umgestürzte Fichte mit gelben, vertrockneten Nadeln lag da und streckte ihre herausgewühlten Wurzeln gen Himmel. Eine primitive Knüppelbrücke führte an dieser Stelle über den Bach. Auf dem anderen Ufer stand auf vier niedrigen Pfosten eine kleine Scheune zum Maistrocknen, von deren Tür eine Leiter zur Erde hinabging.

Der erste Eindruck war bei allen, man könnte von hier nie wieder fort. Von allen Seiten, wohin man sah, drohten die Berge, und schnell, schnell liefen aus der Richtung des Wirtshauses und der dunkeln Zypresse die Abendschatten heran und machten das schmale, gekrümmte Tal des Schwarzen Baches enger und die Berge höher. Man hörte das Plätschern des Wassers und das unermüdliche Gezirpe der Grillen.

»Entzückend!« sagte Marja Konstantinowna und atmete tief vor Begeisterung, »nein Kinder, seht doch, wie schön! Und diese Stille!«

»Ja, es ist wirklich schön«, stimmte Lajewskij zu. Ihm gefiel die Aussicht und ihm wurde plötzlich so melancholisch zumute, als er auf den Himmel blickte und dann auf den blauen Rauch, der dem Schornstein des Wirtshauses entstieg. »Ja, es ist schön«, wiederholte er.

»Ach, Iwan Andrejitsch, entwerfen Sie eine Schilderung hiervon«, sagte Marja Konstantinowna gerührt.

»Warum?« fragte Lajewskij. »Der eigene Eindruck ist besser als jede Schilderung. Diesen Reichtum an Farben und Tönen, den die Natur jedem durch seine Sinne schenkt, den geben die schwatzhaften Schriftsteller entstellt wieder, nicht zum Wiedererkennen.«

»Wirklich?« fragte Herr von Koren kühl, der sich den größten Stein am Wasser ausgesucht hatte und sich mühte, ihn zu erklimmen und sich darauf zu setzen. »Wirklich?« wiederholte er und sah Lajewskij trotzig an, »und Romeo und Julia? Und z.B. die ›Nacht in der Ukraine‹ von Puschkin? Davor kann die Natur den Hut abnehmen.«

»Mag sein«, stimmte Lajewskij zu. Er war zum Denken und Widersprechen zu faul. »Aber«, sagte er nach einer kleinen Weile, »was sind Romeo und Julia in Wirklichkeit? Und die schöne, poetische, heilige Liebe – das sind Rosen, unter denen sich Fäulnis birgt. Romeo ist genau so ein Tier wie alle.«

»Mit Ihnen kann man sprechen, wovon man will, Sie beziehen alles auf –«

Herr von Koren sah sich nach Katja um und brach ab.

»Worauf beziehe ich alles?« fragte Lajewskij.

»Man sagt Ihnen z. B.: wie schön ist eine Weintraube. Sie erwidern: Aber wie häßlich ist sie, wenn man sie hinunterschlingt und im Magen verdaut. Wozu das? Das ist nicht neu, und überhaupt, es ist eine sonderbare Manier.«

Lajewskij wußte, daß Herr von Koren ihn nicht leiden konnte, und hatte darum Furcht vor ihm. In seiner Gegenwart fühlte er sich beengt, als stände jemand hinter seinem Rücken. Er gab keine Antwort, sondern ging beiseite und ärgerte sich, daß er mitgefahren war.

»Meine Herrschaften! Auf zum Reisigsammeln für unser Feuer. Bataillon – Marsch!« kommandierte Samoilenko.

Alles verteilte sich, es blieben nur Kirillin, Atschmianow und Nikodim Alexandrowitsch da. Der tatarische Wirt Kerbalai brachte Stühle, breitete einen Teppich auf den Boden und stellte ein paar Flaschen Wein darauf. Der Pristaw Kirillin war ein großer, stattlicher Herr, der bei jedem Wetter über seinem Interimsrock den Mantel trug. Mit seiner hochmütigen Haltung, der selbstbewußten Art sich zu bewegen und seinem tiefen, etwas heiseren Baß machte er den Eindruck eines kleinstädtischen Polizeihauptes der jüngeren Generation. Sobald er Flaschen und Restauranttische erblickte, fühlte er Gott weiß warum ein bedeutend erhöhtes Selbstgefühl und äußerte das sehr stürmisch.

»Was bringst du denn da, du Rindvieh?« fragte er Kerbalai, »ich habe dir befohlen, Kwareli zu bringen, und was ist das da, du Tatarenschnauze? He? Was?«

»Wir haben selbst eine ganze Menge Wein mit«, bemerkte Nikodim Alexandrowitsch schüchtern und höflich.

»Ganz einerlei. Ich will auch Wein bestellen. Ich beteilige mich am Picknick und habe hoffentlich doch wohl noch das Recht, auch meinen Teil dazu beizutragen. Bring' zehn Flaschen Kwareli.«

»Wozu so viel?« sagte Nikodim Alexandrowitsch. Er wußte, daß Kirillin kein Geld hatte.

»Zwanzig Flaschen!« schrie Kirillin.

»Ach was! Lassen Sie ihn«, flüsterte Atschmianow Nikodim Alexandrowitsch ins Ohr, »ich bezahl' es.«

Nadeschda Fjodorowna war fröhlich und übermütig gestimmt. Sie hatte Lust zu springen, zu lachen, zu schreien, zu necken und zu kokettieren. In ihrem billigen blaugeblümten Kattunkleidchen, den roten Pantöffelchen und dem bekannten Strohhut dünkte sie sich klein, schlicht, leicht und luftig wie ein Schmetterling. Sie lief auf das primitive Brückchen und schaute eine Minute ins Wasser hinunter, um sich schwindlig zu machen. Dann schrie sie auf und lief lachend ans andere Ufer, zur Scheune. Und ihr schien, als hätten alle Männer, Kerbalai nicht ausgeschlossen, ihre Freude an ihr. Als in der schnell aufsteigenden Dämmerung Wald und Berg, und Pferde und Wagen verschwammen und in den Fenstern des Wirtshauses Licht aufleuchtete, ging sie auf einem schmalen Steig, der sich zwischen Steinen und Dorngestrüpp durchwand, den Berg hinauf und setzte sich dort auf einen Stein. Unten brannte schon das Feuer. Der Diakon ging mit aufgestreiften Ärmeln herum, und sein langer schwarzer Schatten bewegte sich im Kreise um die Flammen. Er warf Reisig hinein und rührte mit einem Löffel, der an einen langen Stock gebunden war, im Kessel. Samoilenko mühte sich mit kupferrotem Gesicht am Feuer, wie zu Hause in der Küche und schrie aufgeregt:

»Wo ist das Salz, Herrschaften? Das müßten wir jetzt vergessen haben! Ja, da sitzen sie alle, wie die Großgrundbesitzer, und ich kann hier allein schaffen.«

Auf dem umgestürzten Baumstamme saßen Lajewskij und Nikodim Alexandrowitsch nebeneinander und blickten nachdenklich ins Feuer. Marja Konstantinowna, Katja und Kostja packten Tassen und Teller aus den Körben. Herr von Koren stand mit gekreuzten Armen, den einen Fuß auf einem Stein, am Ufer, dicht am Wasser und grübelte. Rote Lichter vom Feuer, vereint mit Schatten, tanzten über den Boden zwischen den dunkeln Gestalten durch, zitterten auf dem Berge, den Bäumen, der Brücke, der Scheune. Auf der anderen Seite war das steile, unterspülte Ufer hell erleuchtet. Es funkelte und spiegelte sich im Bach, und das eilende Wasser riß sein Bild in Stücke.

Der Diakon ging, die Fische zu holen, die Kerbalai am Ufer ausnahm und wusch. Aber auf halbem Weg blieb er stehen und schaute sich um.

›Herrgott, wie schön!‹ dachte er. ›Menschen, Steine, Feuer, Dämmerung, ein verkrüppelter Baum, weiter nichts, und doch wie schön!‹ Am andern Ufer, bei der Scheune tauchten irgendwelche unbekannte Menschen auf. Da das Feuer flackerte und der Wind den Rauch hinübertrieb, konnte man sie nicht ganz, sondern nur stückweise sehen: bald eine Lammfellmütze und einen grauen Bart, bald ein blaues Hemd, bald irgendwelche Lumpen von den Schultern bis zu den Knien und einen Dolch quer über einen Bauch, bald ein junges braunes Gesicht mit schwarzen Brauen, die mit Kohle gezeichnet schienen. Fünf Männer setzten sich im Kreise auf den Boden, und die anderen fünf gingen in die Scheune. Der eine stellte sich vor die Türe, mit dem Rücken zum Feuer und die Hände im Rücken und begann etwas, wohl sehr Interessantes zu erzählen; als Samoilenko Reisig nachlegte und das Feuer, Funken um sich werfend, aufloderte und grell die Scheune beleuchtete, konnte man zwei Gesichter erkennen, die ruhig und aufmerksam lauschend, aus der Türe hervorlugten; und auch die andern, die auf dem Boden saßen, hatten sich umgewendet und lauschten der Erzählung. Etwas später begannen die, die im Kreise saßen, ein leises, eintöniges Lied zu singen, das sich wie ein kirchlicher Fastengesang anhörte ... Dem Diakon träumte, wie es nach zehn Jahren sein würde, wie er von der Expedition zurückkehren würde, ein junger Hieromonach und Missionär, ein Schriftsteller von gutem Namen und großartiger Vergangenheit. Zum Bischof, zum Erzbischof würde er es bringen. Er würde in der Kathedrale die Messe lesen. In goldener Mitra, das Heiligenbild auf der Brust, würde er auf den Bischofsthron treten und die Masse des Volkes segnen, den dreiarmigen Leuchter in der Hand, und sprechen: »Herr, sieh' herab vom Himmel, und sieh' an und suche heim deinen Weinberg und ziehe deine Rechte nicht von ihm!« Und die Engelstimmen der Kinder würden ihm Antwort singen: »Heiliger Gott –«

»Diakon, wo bleiben die Fische?« rief Samoilenko.

Zum Feuer zurückgekehrt, malte der Diakon sich aus, wie eine Bittprozession an heißem Julitage den staubigen Weg entlang zieht. Voran die Männer mit den Kirchenfahnen und die Frauen und Mädchen mit den Heiligenbildern, dann die Chorknaben und der Küster mit verbundener Backe und Stroh in den ungekämmten Haaren, dann nach der Ordnung er, und hinter ihm im Käppchen und mit dem Kreuz der Pope, zum Schluß die Masse der Männer, Weiber und Kinder, unter ihnen seine Frau und die Frau des Popen in Kopftüchern. Die Sänger singen, die Kinder schreien, die Wachteln schnarren. Jetzt wird Halt gemacht und die Herde mit Weihwasser besprengt. Dann geht es weiter. Man beugt die Knie und betet um Regen. Zum Schluß kommt das Frühstück, man unterhält sich ...

»Auch das ist schön«, dachte der Diakon.

7.

Kirillin und Atschmianow gingen den Steig hinauf auf den Berg. Atschmianow blieb zurück, und Kirillin trat auf Nadeschda Fjodorowna zu.

»Guten Abend«, sagte er und legte die Hand an die Mütze.

»Guten Abend.«

»Ja«, sagte Kirillin, schaute gen Himmel und dachte nach, »ja –«

Trotz seines majestätischen Uniformmantels und seiner wichtigtuerischen Haltung war er verlegen und verwirrt.

»Was meinen Sie mit diesem: Ja?« fragte Nadeschda Fjodorowna, die merkte, daß sie von Atschmianow beobachtet wurden.

»Also«, sagte der Pristaw langsam, »unsere Liebe ist in der Knospe verdorrt, sozusagen. Wie soll ich das auffassen? Ist das Koketterie von Ihnen, weibliche Diplomatie? Oder –«

»Es war ein Fehltritt. Lassen Sie mich«, sagte Nadeschda Fjodorowna scharf, sah ihn mit Abscheu an und fragte sich unwillig, ob es wirklich einmal eine Zeit gegeben habe, wo dieser Mensch ihr gefallen und nahegestanden hatte.

»So, so«, sagte Kirillin. Eine Weile stand er schweigend und dachte nach, dann fuhr er fort: »Ach was! Warten wir, bis Sie wieder besserer

Laune sind. Dann werden Sie mich wohl nicht mehr so dämonisch anschauen – das steht Ihnen übrigens vorzüglich. Adieu!«

Er grüßte militärisch und schlug sich seitwärts in die Büsche. Nach einiger Zeit des Wartens kam Atschmianow unschlüssig heran.

»Ein herrlicher Abend heute«, sagte er mit leichtem armenischen Akzent.

Er war ein hübscher Mensch, kleidete sich modern und mit Geschmack und war bescheiden, wie es einem wohlerzogenen Jüngling ziemt. Aber Nadeschda Fjodorowna mochte ihn nicht, weil sie seinem Vater dreihundert Rubel schuldete. Ihr war es auch nicht lieb, daß zum Picknick ein Mensch geladen war, der »nicht aus unserem Kreise« war.

»Überhaupt ist das Picknick sehr gelungen«, sagte er nach kurzem Schweigen.

»Ja«, sagte sie, und als fiele ihr gerade ihre Schuld ein, fuhr sie beiläufig fort: »Ach ja, sagen Sie doch in Ihrem Geschäft, daß Iwan Andrejitsch in den nächsten Tagen hinkommen und die dreihundert Rubel, oder wieviel es ist, bezahlen wird.«

»Ich würde noch dreihundert dazuzahlen, wenn Sie nicht jeden Tag davon sprechen wollten. Das ist so prosaisch.«

Nadeschda Fjodorowna lachte auf. Ihr schoß der lächerliche Gedanke durch den Kopf, daß sie in einem Augenblick ihre Schuld los sein konnte, wenn sie nur wollte und etwas weniger moralisch wäre. Wenn sie z. B. diesem hübschen dummen Jungen den Kopf verdrehen könnte! Und wie komisch, dumm und toll wäre das im Grunde genommen! Sie hatte Lust, ihn erst verliebt zu machen, dann zu rupfen und dann wieder abzuschütteln.

»Darf ich Ihnen einen Rat geben?« sagte Atschmianow schüchtern, »nehmen Sie sich vor Kirillin in acht. Er erzählt überall die furchtbarsten Geschichten über Sie.«

»Es interessiert mich durchaus nicht, zu erfahren, was irgendein Hansnarr von mir erzählt«, sagte Nadeschda Fjodorowna kühl. Sie wurde unruhig, und der lächerliche Gedanke, mit dem jungen, hübschen Atschmianow zu spielen, verlor plötzlich seinen Reiz für sie.

»Gehen wir hinunter«, sagte sie, »wir werden gerufen.«

Unten war die Fischsuppe schon fertig. Sie wurde in die Teller geschöpft und mit der Feierlichkeit gegessen, wie es nur bei Picknicks zu geschehen pflegt. Alle fanden, die Suppe wäre sehr schmackhaft, zu Hause hätte sie nie so gut geschmeckt. Wie bei allen Picknicks üblich, tappten sie in einer Menge Servietten, Päckchen, unnötiger, vom Winde herumgeschobener Butterbrotpapiere herum, verwechselten die Gläser und das Brot, verschütteten den Wein auf den Teppich und die eigenen Knie, verschütteten Salz; um sie herum war es finster, das Feuer brannte nicht mehr so hell, und alle waren zu faul, um aufzustehen und Reisig nachzulegen. Alles trank Wein, selbst Kostja und Katja bekamen ein halbes Glas. Nadeschda Fjodorowna trank ein Glas, dann noch eins. Sie fühlte bald einen leichten Rausch und dachte nicht mehr an Kirillin.

»Ein reizendes Picknick, ein herrlicher Abend«, sagte Lajewskij, den der Wein lustig gemacht hatte, »ich würde aber all dem einen schönen Wintertag vorziehen.«

»Der Geschmack ist verschieden«, bemerkte Herr von Koren.

Lajewskij fühlte sich unbehaglich. Seinen Rücken traf die Hitze des Feuers, sein Gesicht aber und seine Brust – der Haß Herrn von Korens. Dieser Haß eines anständigen, begabten Menschen, der vermutlich einen schwerwiegenden Grund haben mußte, erniedrigte ihn und machte ihn schwach. Er fühlte nicht die Kraft, ihm entgegenzutreten und sagte stotternd:

»Ich liebe die Natur leidenschaftlich, und es tut mir leid, daß ich kein Naturforscher bin. Ich beneide Sie.«

»Na, mir tut es nicht leid, und ich beneide Sie auch nicht«, sagte Nadeschda Fjodorowna, »ich begreife nicht, wie man sich ernsthaft mit Käferchen und Würmern beschäftigen kann, während das Volk Not leidet.«

Lajewskij teilte ihre Ansicht. Er hatte keine blasse Ahnung von der Naturwissenschaft und konnte sich daher nie mit dem autoritativen Ton und dem gelehrten, tiefsinnigen Aussehen der Leute befreunden, die sich mit Ameisenfühlhörnern und Schabenbeinen beschäftigen. Und er ärgerte sich immer, daß diese Leute auf Grund dieser Fühlhörner, Beine und des sogenannten Protoplasmas (das er sich sonderbarerweise an Aussehen etwa einer Auster gleich dachte), Fragen lösen wollten, die Entstehung und Leben der Menschen umfaßten. Aber die Worte Nadeschda Fjodorownas schienen ihm eine Lüge, und er sagte, nur um ihr zu widersprechen:

»Nicht die Würmer sind die Hauptsache, sondern die Schlüsse!«

8.

Zu später Stunde, um elf Uhr, stieg man zur Heimfahrt in die Wagen. Als alles saß, fehlten Nadeschda Fjodorowna und Atschmianow. Sie spielten am anderen Ufer Hasch-hasch und lachten.

»Schnell, meine Herrschaften!« schrie Samoilenko.

»Man sollte Damen keinen Wein geben«, sagte Herr von Koren leise.

Lajewskij fühlte sich abgespannt durch das Picknick, den Haß des Zoologen und seine eigenen Gedanken. So ging er Nadeschda Fjodorowna entgegen. Und als sie fröhlich und lustig, sie fühlte sich leicht wie eine Feder, außer Atem und lachend seine Hände faßte und ihren Kopf an seine Brust legte, trat er einen Schritt zurück und sagte rauh:

»Du beträgst dich wie eine Kokotte.«

Das kam so roh heraus, daß er sogar Mitleid mit ihr spürte. Sie las auf seinem zornigen, müden Gesicht den Haß und verlor plötzlich ihre gute Laune und sah ein, daß sie maßlos gewesen war und sich gar zu ausgelassen benommen hatte. Eine Traurigkeit kam über sie. Sie fand sich schwerfällig, dick, plump und betrunken und stieg mit Atschmianow in die erstbeste freie Equipage. Lajewskij setzte sich zu Kirillin, der Zoologe zu Samoilenko und der Diakon zu den Damen. Man fuhr ab.

»Ja, so sind diese Schmeißfliegen«, begann Herr von Koren, wickelte sich in seinen Mantel und schloß die Augen. »Hast du gehört, sie will sich nicht mit Käferchen und Würmern beschäftigen, weil das Volk Not leidet. So beurteilen unsereinen alle diese Schmeißfliegen. Ein gemeines, knechtisches, seit zehn Generationen durch Knuten- und Faustschläge verängstigtes Geschlecht; es zittert, beugt sich und verbrennt Weihrauch nur vor der rohen Gewalt; laß aber so eine Schmeißfliege in ein freies Gebiet ein, wo niemand ist, der sie am Kragen packt, so macht sie sich breit und zeigt, was sie kann. Schau nur, wie kühn benimmt sie sich in den Kunstausstellungen, Museen oder Theatern, oder wenn sie über die Wissenschaft urteilt: sie bläst sich auf, bäumt sich, schimpft und kritisiert ... Immer kritisiert sie: das ist ein sehr knechtischer Zug! Höre nur zu: auf die Vertreter der freien Berufe schimpfen sie mehr als auf die Spitzbuben; das kommt daher, daß die Gesellschaft zu dreivierteln aus Knechten besteht, aus solchen Schmeißfliegen wie diese. Nie erlebst du es, daß ein Knecht dir die Hand reicht und sich bei dir aufrichtig dafür bedankt, daß du arbeitest.«

»Ich weiß nicht, was du willst«, sagte Samoilenko gähnend, »das arme Frauchen wollte in seiner Einfalt mit dir über kluge Dinge reden. Du kannst sie aus irgendeiner Ursache nicht leiden, und ihren Genossen auch nicht. Sie ist aber doch eine nette Frau.«

»Ach, hör' auf! Sie ist eine gewöhnliche Maitresse, verdorben und schlecht. Hör' mal, Alexander Dawidowitsch, wenn du einem einfachen Frauenzimmer begegnetest, das mit einem fremden Mann zusammenlebte und nichts täte, sondern immer nur Hi-Hi und Ha-Ha machte, du würdest ihr sagen: geh' hin und arbeite. Warum bist du hier so schüchtern und fürchtest dich, die Wahrheit zu sagen? Nur weil Nadeschda Fjodorowna nicht von einem Matrosen, sondern von einem Staatsbeamten ausgehalten wird?«

»Was soll ich denn mit ihr machen?« sagte Samoilenko wütend. »Ich kann sie doch nicht hauen.«

»Du sollst dem Laster nicht schmeicheln. Wir räsonnieren immer nur hinter dem Rücken darüber, das heißt aber, eine Faust in der Tasche machen. Ich bin Zoologe, oder Soziologe, das ist dasselbe, und du bist Arzt. Die Gesellschaft glaubt uns. Wir sind verpflichtet, sie auf die schreckliche Gefahr hinzuweisen, die für sie und ihre Nachkommen in der Existenz solcher Lebewesen liegt, wie dieser Nadeschda Iwanowna.«

»Fjodorowna«, verbesserte Samoilenko, »aber was soll die Gesellschaft tun?«

»Das ist ihre Sache. Meiner Ansicht nach ist der geradeste und sicherste Weg die Gewalt. *Manu militari* müßte sie zu ihrem Mann zurückgebracht werden. Und wenn der sie nicht haben will, müßte sie ins Arbeitshaus oder in irgendeine Besserungsanstalt gebracht werden.«

»Uff!« seufzte Samoilenko. Er schwieg eine Weile und fragte dann leise: »Neulich einmal hast du gesagt, solche Leute wie Lajewskij müsse man vertilgen. Nehmen wir mal an, der Staat oder die Gesellschaft beauftragte dich, ihn zu vertilgen, könntest du dich dazu entschließen?«

»Meine Hand würde nicht zittern.«

9.

Zu Hause angelangt gingen Lajewskij und Nadeschda Fjodorowna in ihre dunkle, schwüle, langweilige Wohnung. Sie schwiegen beide. Lajewskij machte Licht, und Nadeschda Fjodorowna setzte sich in Mantel und Hut auf einen Stuhl und sah ihn traurig und schuldbewußt an.

Er merkte, daß sie eine Erklärung von ihm erwartete, aber das schien ihm zu langweilig, nutzlos und ermüdend. Ihm tat es schon leid, daß er so heftig gewesen war. Er griff in seine Tasche und fühlte dort zufällig den Brief, den er ihr schon jeden Tag hatte vorlesen wollen, und dachte, daß er ihre Aufmerksamkeit auf etwas anderes lenken könnte, wenn er ihr jetzt diesen Brief zeigte.

›Es wird Zeit, Klarheit in unsere Beziehungen zu bringen‹, dachte er. ›Ich geb' ihr den Brief. Was kommt, das kommt.‹ Er zog ihn hervor und reichte ihn ihr hin. »Lies. Das geht dich an.«

Als er das gesagt hatte, ging er in sein Kabinett und legte sich im Dunkeln auf den Diwan, ohne Kopfkissen. Nadeschda Fjodorowna las, und ihr war, als senkte sich die Decke, als zögen sich die Wände um sie zusammen. Es wurde plötzlich eng, dunkel und grausig. Eilfertig bekreuzigte sie sich dreimal und flüsterte:

»Lieber Gott, schenk' ihm die ewige Ruhe.«

Dann fing sie zu weinen an.

»Wanja«, rief sie, »Iwan Andrejitsch!«

Es kam keine Antwort. Sie meinte, Lajewskij wäre wieder hereingekommen und stünde hinter ihrem Stuhl. Und sie schluchzte auf und sagte:

»Warum hast du mir nicht früher gesagt, daß er gestorben ist? Ich wäre nicht zum Picknick gefahren und hätte nicht so entsetzlich gelacht. Die Männer haben mir schlechte Dinge gesagt. Welche Sünde, welche Sünde! Rette mich, Wanja, rette mich. Ich bin verrückt. Ich bin verloren.«

Lajewskij hörte ihr Schluchzen. Ihm war unerträglich schwül, und sein Herz klopfte heftig. Verstimmt stand er auf, stellte sich mitten ins Zimmer, tastete in der Dunkelheit nach dem Stuhl am Tisch und setzte sich.

»Dieses Gefängnis«, dachte er, »ich muß fort, ich halt' es nicht aus.«

Zum Kartenspielen war es zu spät, und Restaurants gab es nicht in der Stadt. Er legte sich wieder hin und hielt sich die Ohren zu, um das Schluchzen nicht zu hören. Plötzlich fiel ihm ein, daß er zu Samoilenko gehen könnte. Um nicht an Nadeschda Fjodorowna vorbei zu müssen, stieg er durchs Fenster in den Garten, dann über den Zaun und ging die Straße hinunter. Es war finster. Gerade war ein Schiff angekommen, nach den Lichtern zu schließen, ein großer Passagierdampfer. Die Ankerkette klirrte. Vom Ufer aus schoß ein rotes Licht auf das Schiff zu. Das war das Zollboot.

Die Passagiere schlafen in ihren Kajüten, dachte Lajewskij und beneidete die fremden Leute um ihre Ruhe.

In Samoilenkos Haus waren die Fenster offen. Lajewskij schaute in eins hinein, dann in ein anderes. Drinnen war es still und dunkel.

»Alexander Dawidytsch, schläfst du?« rief er, »Alexander Dawidytsch!«

Drinnen wurde gehustet, und der Doktor rief erschrocken:

»Wer da? Herrgottsakrament!«

»Ich bin's, Alexander Dawidytsch, entschuldige.«

Nach einer kleinen Weile öffnete sich eine Tür; das bleiche Licht eines Nachtlämpchens erglänzte und die riesige Gestalt Samoilenkos erschien ganz in Weiß, mit weißer Nachtmütze.

»Was willst du?« fragte er schweratmend und schlaftrunken, und fuhr sich durch die Haare. »Wart', ich schließe gleich auf.«

»Bemüh' dich nicht, ich komm' durchs Fenster.«

Lajewskij stieg ins Fenster, trat auf Samoilenko zu und reichte ihm die Hand.

»Alexander Dawidytsch«, sagte er mit zitternder Stimme, »rette mich. Ich flehe dich an und beschwöre dich: hab' Verständnis für meine Lage. Sie ist qualvoll. Wenn das noch ein paar Tage so fortgeht, so erwürge ich mich selbst wie einen Hund!«

»Wart' einmal. Worum handelt es sich eigentlich?«

»Mach' Licht.«

»Ach«, seufzte Samoilenko und zündete ein Licht an. »Himmel, Himmel, es ist schon zwei Uhr, mein Lieber.«

»Entschuldige, ich kann aber nicht zu Hause sitzen«, sagte Lajewskij und spürte von dem Licht und der Anwesenheit Samoilenkos eine große Erleichterung. »Alexander Dawidytsch, du bist mein einziger, mein bester Freund. All meine Hoffnung ruht auf dir. Ob du willst oder nicht, hilf mir um Gottes willen heraus. Ich muß um jeden Preis fort von hier. Leih' mir das Geld dazu.«

»Ach du lieber Gott«, seufzte Samoilenko und fuhr sich durchs Haar. »Beim Einschlafen wurde ich durch das Gepfeife gestört, ein Schiff ist angekommen, und dann du – Brauchst du viel?«

»Wenigstens dreihundert Rubel. Ihr muß ich hundert lassen, und für die Reise brauch' ich zweihundert. Ich schulde dir schon vierhundert, aber ich schick' dir alles, alles.«

Samoilenko strich sich den Bart, streckte die Beine von sich und dachte nach.

»Ja«, murmelte er sinnend, »dreihundert, ja – Aber ich hab' nicht so viel. Ich muß es von jemand leihen.«

»Leih' es um Gottes willen«, sagte Lajewskij, der es Samoilenko am Gesicht ansah, daß er bereit wäre, ihm das Geld zu geben, und es auch sicher tun würde. »Treib' es auf. Ich geb' es dir sicher wieder. Ich schick' es dir, sobald ich nach Petersburg komme. Da kannst du ganz ruhig sein. – Hör' mal Sascha«, sagte er dann wie neu belebt, »wollen wir ein Glas Wein trinken.«

»Ja, das können wir.«

Sie gingen ins Eßzimmer.

»Und wie ist's mit Nadeschda Fjodorowna?« fragte Samoilenko und stellte drei Flaschen und einen Teller mit Pfirsichen auf den Tisch. »Bleibt sie am Ende da?«

»Das richte ich alles ein, alles«, sagte Lajewskij und fühlte eine unerwartete Freude, »ich schick' ihr nachher Geld, und sie kommt nach. Und dort wollen wir schon Klarheit in unsere Beziehungen bringen. Prosit, alter Freund.«

»Halt«, sagte Samoilenko, »probier' erst diesen. Der ist aus meinem Weinberg, diese Flasche ist von Nawaridse und die da von Achatulow. Versuch' alle drei Sorten und sag' mir aufrichtig deine Meinung. Meiner kommt mir etwas sauer vor. Was? Findest du nicht?«

»Ja, Alexander Dawidytsch, du hast mir Ruhe gegeben. Ich danke dir. Ich bin wie neu belebt.«

»Ist er sauer?«

»Weiß der Teufel, ich weiß nicht. Aber du bist ein großartiger, merkwürdiger Mensch!«

Samoilenko sah ihm in das bleiche, erregte, gutmütige Gesicht. Ihm fiel Herrn von Korens Ansicht ein, daß man solche Leute vertilgen müßte, und Lajewskij kam ihm wie ein schwaches, schutzloses Kind vor, das jeder beleidigen und vernichten konnte.

»Aber wenn du hinkommst, söhne dich mit deiner Mutter aus«, sagte er, »das ist nicht gut so.«

»Ja, ja, natürlich.«

Es trat ein Schweigen ein. Als die erste Flasche geleert war, sagte Samoilenko:

»Du solltest dich auch mit Herrn von Koren aussöhnen. Ihr seid doch beide vortreffliche, kluge Menschen und haßt euch wie Katze und Hund.«

»Ja, er ist ein vortrefflicher, kluger Mensch«, stimmte Lajewskij zu, er war jetzt in der Stimmung, jeden zu loben und jedem zu vergeben, »er ist ein bedeutender Mensch, aber ich kann mich mit ihm nicht einigen. Nein! Unsere Naturen sind zu verschieden. Ich bin eine welke, schwache, abhängige Natur, vielleicht könnte ich ihm in einem guten Augenblick die Hand hinstrecken, er aber würde mir voll Verachtung den Rücken kehren.«

Lajewskij trank einen Schluck, ging ein paarmal auf und ab, blieb dann mitten im Zimmer stehen und sagte:

»Ich verstehe Herrn von Koren ausgezeichnet. Er ist eine harte, kräftige, despotische Natur. Du weißt, daß er immer von seiner Expedition spricht. Und das sind keine leeren Reden. Er braucht die Einöde, die Mondnacht: ringsum in Zelten und unter freiem Himmel schlafen, hungrig und krank, von schweren Märschen ermattet, seine Kosaken, Begleiter, Träger, der Arzt, der Geistliche. Er allein schläft nicht und sitzt wie Stanley auf seinem Feldstuhl und fühlt sich als König der Einöde und Herr dieser Leute. Er zieht immer, immer weiter, seine Leute stöhnen und sterben einer nach dem andern, er aber zieht immer weiter. Endlich geht er selbst zugrunde, aber dennoch bleibt er Herrscher und König der Einöde. Denn das Kreuz auf seinem Grabe sehen die Karawanen dreißig, vierzig Meilen weit, und es herrscht über der Wüste. Schade, daß dieser Mensch nicht unter die Soldaten gegangen ist. Er wäre ein ausgezeichneter, genialer Feldherr geworden. Er wäre imstande, seine Kavallerie in einem Fluß zu ersäufen, um aus den Leichen Brücken zu bauen. Und solch eine Kühnheit nützt im Krieg mehr als alle Taktik usw. Oh, ich versteh' ihn ausgezeichnet. Sag' mal, warum treibt er sich hier herum? Was sucht er hier?«

»Er studiert die Fauna des Meeres.«

»Nein! Nein, alter Freund, nein«, seufzte Lajewskij, »mir hat einmal auf dem Dampfer ein durchreisender Gelehrter erzählt, daß das Schwarze Meer nur eine kärgliche Fauna hat und in seiner Tiefe wegen des Überflusses an Schwefelwasserstoff ein organisches Leben unmöglich wäre. Alle ernsthaften Zoologen arbeiten auf den biologischen Stationen in Neapel oder Villa Franca. Herr von Koren aber ist selbständig und eigensinnig. Er arbeitet am Schwarzen Meer, weil dort sonst niemand arbeitet. Er hat mit der Universität gebrochen und will von den Gelehrten und seinen Kollegen nichts wissen, weil er in erster Linie Despot und in zweiter Zoolog ist. Und du wirst sehen, er wird noch großen Lärm in der Welt machen. Den zweiten Sommer schon lebt er in diesem stinkigen Nest, weil er lieber der erste in einem Dorf als der zweite in der Stadt sein will. Hier ist er König und großes Tier. Er hält die ganze Stadt an der Leine und beugt alles unter seine Autorität. Er hat sich alle dienstbar gemacht, mischt sich in fremde Angelegenheiten, kümmert sich um alles, und alle haben Furcht vor ihm. Ich entziehe mich seinen Händen, das fühlt er und haßt mich darum. Hat er dir nicht gesagt, ich müßte vertilgt oder ins Zuchthaus gesteckt werden?«

»Ja, freilich«, lachte Samoilenko.

Lajewskij lachte gleichfalls und trank noch einen Schluck.

»Auch seine Ideale sind despotischer Natur«, sagte er lachend und biß in einen Pfirsich. »Wenn gewöhnliche Sterbliche fürs allgemeine Wohl arbeiten, so haben sie dabei ihre Nächsten im Auge, mich, dich, kurz die Menschen. In Herrn von Korens Augen dagegen sind die Menschen junge Hunde, zu geringfügige Kleinigkeiten, um den Zweck seines Lebens zu bilden. Er arbeitet, unternimmt seine Expedition und bricht sich dabei den Hals, nicht im Namen der Nächstenliebe, sondern im Namen abstrakter Begriffe, wie Menschheit, die zukünftigen Geschlechter, eine ideale Menschenrasse. Er bemüht sich um die Verbesserung der Menschenrasse, und in dieser Beziehung sind wir für ihn nur Sklaven, Kanonenfutter, Zugvieh … Die einen möchte er ausrotten oder ins Zuchthaus sperren, die anderen mit der Disziplin an Händen und Füßen binden: er würde uns, wie ein zweiter Araktschejew, zwingen, auf Trommelsignale aufzustehen und schlafen zu gehen, würde Eunuchen anstellen, um unsere Keuschheit zu bewachen, und auf jedermann schießen, der die Schranken unserer engen, konservativen Moral überschreitet, – und alles zur Verbesserung der Menschenrasse … Und was ist das, die menschliche Rasse? Eine Illusion, eine Fata-Morgana. Alle Despoten waren Illusionisten. Alter Freund, ich verstehe ihn ausgezeichnet. Und ich schätze ihn und leugne seine Bedeutung nicht. Auf solche Leute wie er stützt sich diese Welt. Und wäre sie uns allein überlassen, wir würden aus ihr bei all unserer Gutmütigkeit und unseren edlen Absichten das machen, was die Fliegen da aus diesem Bild machen. Jawohl.«

Lajewskij setzte sich neben Samoilenko und sagte aufrichtig hingerissen:

»Ich bin ein leerer, nichtiger, heruntergekommener Mensch! Die Luft, die ich atme, diesen Wein, die Liebe, mit einem Wort mein ganzes Leben habe ich mir bis zum heutigen Tag um den Preis von Lüge, Faulheit und Kleinmut gekauft. Bis heute hab' ich die anderen und mich selbst betrogen, ich habe darunter gelitten, und meine Leiden waren billig und schlecht. Vor Korens Haß beuge ich scheu den Rücken, weil ich zuzeiten mich selbst hasse und verachte.«

Lajewskij ging wieder erregt auf und ab und sagte:

»Ich bin froh, daß ich meine Fehler einsehe und bekenne. Das wird mir zum Siege helfen und einen anderen Menschen aus mir machen. Teurer Freund, wenn du wüßtest, wie leidenschaftlich, wie sehnsüchtig ich nach meiner Wiedergeburt dürste. Ich schwör's dir, ich werde ein Mensch sein. Ja! Ich weiß nicht, spricht der Wein aus mir oder ist's wirklich so, aber mir scheint, als hätte ich schon lange keine so hellen und reinen Augenblicke durchlebt wie eben jetzt bei dir.«

»Es ist Schlafenszeit, Freundchen«, sagte Samoilenko.

»Ja, ja. Entschuldige – gleich.«

Lajewskij suchte auf Stühlen und Fensterbrettern nach seiner Mütze.

»Danke«, murmelte er aufatmend, »danke. Freundliche und gute Worte sind besser als Almosen. Du hast mich neu belebt.«

Er fand seine Mütze, blieb stehen und sah Samoilenko unentschlossen an.

»Alexander Dawidowitsch, alter Freund«, sagte er bittend.

»Nun?«

»Erlaub' mir, bitte, bei dir zu übernachten.«

»Sei so gut. Warum denn nicht?«

Lajewskij legte sich auf dem Diwan schlafen und unterhielt sich noch lange mit dem Doktor.

10.

Drei Tage nach dem Picknick kam ganz unerwartet Marja Konstantinowna zu Nadeschda Fjodorowna. Ohne guten Tag zu sagen oder den Hut abzunehmen, faßte sie ihre Hände, drückte sie an ihr Herz und sagte sehr erregt:

»Meine Teure, ich bin aufgeregt, ja erschreckt. Unser lieber, sympathischer Doktor hat gestern meinem Mann mitgeteilt, Ihr Herr Gemahl wäre dahingegangen. Sagen Sie doch, meine Teure, sagen Sie, ist es wahr?«

»Allerdings, er ist gestorben«, entgegnete Nadeschda Fjodorowna.

»Das ist entsetzlich, meine Teure. Aber in jedem Unglück liegt auch etwas Gutes. Ihr Herr Gemahl war wahrscheinlich ein wunderbarer, seltener, heiliger Mensch. Und die hat der liebe Gott lieber im Himmel, als auf der Erde.«

In Marja Konstantinownas Gesicht erzitterten alle Fältchen und Pünktchen, als sprängen unter ihrer Haut tausend Nadelspitzen auf und ab, sie lächelte lindenblütenhaft und sagte feierlich aufseufzend:

»Also sind Sie frei, meine Teure. Jetzt können Sie den Kopf hoch tragen und den Leuten frei in die Augen sehen. Von nun an segnen Gott und die Menschen Ihre Verbindung mit Iwan Adrejitsch. Das ist entzückend. Ich zittere vor Freude und finde keine Worte. Meine Liebe, ich werde Ihre Trauzeugin sein. Mein Nikodim Alexandrowitsch und ich haben Sie immer so lieb gehabt, daß Sie uns schon erlauben werden, Ihre reine, gesetzliche Verbindung zu segnen. Wann gedenken Sie sich denn trauen zu lassen?«

»Daran hab' ich noch gar nicht gedacht«, sagte Nadeschda Fjodorowna und machte ihre Hand frei.

»Unmöglich, meine Liebe. Sie *haben* daran gedacht. Sicher.«

»Wahrhaftig nicht«, lachte Nadeschda Fjodorowna, »warum sollten wir uns trauen lassen? Ich halte das gar nicht für notwendig. Wir leben so weiter, wie vorher.«

»Sie wissen ja nicht, was Sie da sagen«, sagte Marja Konstantinowna erschrocken, »ach du lieber Gott, wie Sie reden!«

»Durch die Trauung wird es nicht besser, im Gegenteil, eher schlechter. Wir verlieren unsere Freiheit.«

»Meine Liebe, Teure, wie Sie reden!« jammerte Marja Konstantinowna, trat einen Schritt zurück und schlug die Hände zusammen. »Sie sind so extravagant! Besinnen Sie sich doch! Zügeln Sie sich doch!«

»Was heißt, sich zügeln? Ich habe noch nicht gelebt, und Sie sagen, ich soll mich zügeln.«

Nadeschda Fjodorowna dachte daran, daß sie wirklich noch nicht gelebt hatte. Sie hatte die Pension verlassen und einen ungeliebten Mann geheiratet. Dann hatte sie Lajewskij getroffen und lebte nun die ganze

Zeit mit ihm an diesem öden, langweiligen Strande und wartete auf was Besseres. Heißt das leben? – Aber sich trauen lassen, das könnte man, dachte sie. Doch sogleich fielen ihr Kirillin und Atschmianow ein. Sie wurde rot und sagte:

»Nein, das ist unmöglich. Und würde sogar Iwan Andrejitsch mich auf den Knien darum bitten, ich müßte nein sagen.«

Marja Konstantinowna saß noch einen Augenblick schweigend auf dem Sofa, traurig und ernst, und starrte vor sich hin, dann erhob sie sich und sagte kühl:

»Adieu, meine Liebe. Verzeihen Sie die Störung. Leicht wird's mir nicht, aber ich muß Ihnen sagen, daß von heute ab zwischen uns alles aus ist. So hoch ich Iwan Andrejitsch schätze, die Tür meines Hauses ist für Sie verschlossen.«

Sie sagte das sehr feierlich und war selbst ganz erdrückt durch ihren feierlichen Ton. Ihr Gesicht erzitterte wieder und nahm den weichen Lindenblütenausdruck an, sie streckte der erschreckten verwirrten Nadeschda Fjodorowna beide Hände hin und sagte beschwörend:

»Erlauben Sie mir, nur eine Minute lang Ihre Mutter zu sein, Ihre ältere Schwester, meine Liebe. Ich werde offen sprechen wie eine Mutter.«

Nadeschda Fjodorowna fühlte in ihrer Brust eine Wärme, eine Freude und solch ein Mitleid mit sich selbst, als wäre wirklich ihre Mutter von den Toten erstanden und stände vor ihr. Sie umarmte Marja Konstantinowna heftig und legte den Kopf an ihre Schulter. Beide weinten sie. Sie setzten sich auf das Sofa und schluchzten eine Weile, ohne sich anzusehen oder ein Wort hervorzubringen.

»Meine Liebe, mein Kind«, begann Marja Konstantinowna, »ich werde Ihnen harte Wahrheiten sagen, ohne Sie zu schonen.«

»Sprechen Sie nur, sprechen Sie.«

»Vertrauen Sie mir, meine Liebe. Sie wissen, von allen hiesigen Damen verkehre ich allein mit Ihnen. Vom ersten Tag an war ich entsetzt über Sie, aber ich hatte nicht die Kraft, Sie mit Verachtung zu behandeln, wie alle es taten. Ich litt für den lieben, guten Iwan Andrejitsch wie für meinen Sohn. So ein junger Mensch in fremdem Lande, unerfahren, schwach, mutterlos. Ich habe mich so um ihn gegrämt. Mein Mann war gegen die Bekanntschaft mit ihm, ich habe zugeredet, gebeten. Wir fingen an, Iwan Andrejitsch einzuladen und Sie natürlich mit ihm. Sonst hätte er sich ja beleidigt gefühlt. Ich habe eine Tochter und einen Sohn. Sie begreifen, der zarte Kindesgeist, das reine Herz. – Wer dieser Kleinen einmal ein Leid tut – Ich habe Sie eingeladen und für meine Kinder gezittert. Oh, wenn Sie einmal Mutter sind, werden Sie meine Furcht verstehen. Und alle wunderten sich, daß ich mit Ihnen verkehrte, wie mit, entschuldigen Sie, mit einer anständigen Frau, man machte allerlei Anspielungen, ach natürlich, Geklatsch, Hypothesen – In der Tiefe meiner Seele verurteilte ich Sie, aber Sie waren unglücklich, elend, ich litt vor Mitleid.«

»Aber warum? Warum?« Nadeschda Fjodorowna zitterte am ganzen Körper. »Wem habe ich denn etwas getan?«

»Sie sind eine furchtbare Sünderin. Sie haben den Eid gebrochen, den Sie Ihrem Mann vor dem Altar geleistet hatten. Sie haben einen ausgezeichneten jungen Mann verführt. Wenn er Ihnen nicht begegnet wäre, hätte er sich vielleicht eine legitime Lebensgefährtin aus einer guten Familie seiner Bekanntschaft gewählt und wäre jetzt wie alle. Sie haben seine Jugend zerstört. Sagen Sie nichts, meine Liebe. Ich glaub' es doch nicht, daß die Männer an unseren Sünden schuld sein können. In solchen Sachen trägt immer die Frau die Schuld. Und außerdem sind Sie auf den Pfad des Lasters getreten und haben dabei alle Schamhaftigkeit vergessen. Eine andere Frau in Ihrer Lage hätte sich vor den Menschen verborgen, sich zu Hause eingeschlossen, die Leute hätten sie nur im Tempel des Herrn gesehen, ganz schwarz gekleidet und weinend, und jeder hätte aufrichtig ergriffen gesagt: ›Lieber Gott, dieser gefallene Engel kehrt wieder zu dir zurück.‹ Sie aber, meine Liebe, haben alle Scham vergessen, haben offen gelebt, als wollten Sie sich mit Ihrer Sünde brüsten. Sie haben gescherzt und gelacht, und wenn ich Sie ansah, hab' ich vor Schrecken gezittert und gemeint, der Donner des Himmels müßte unser Haus zerstören, wenn Sie bei uns saßen. Sagen Sie nichts, meine Teure«, rief Marja Konstantinowna, als sie merkte, daß Nadeschda Fjodorowna sprechen wollte, »vertrauen Sie mir, ich betrüge Sie nicht und verberge keine Wahrheit vor den Augen Ihrer Seele. Hören Sie auf mich, meine Teure. Gott merkt sich die großen Sünder, und Ihr Name war angemerkt. Denken Sie doch, wie entsetzlich immer Ihre Toiletten waren.«

Nadeschda Fjodorowna hatte immer die beste Meinung von ihren Toiletten gehabt. Sie hörte auf zu weinen und sah Marja Konstantinowna erstaunt an.

»Ja, entsetzlich«, fuhr diese fort, »aus der Gesuchtheit und Buntheit Ihrer Kostüme kann jeder auf Ihre Lebensführung schließen. Alle lachten und zuckten die Achseln über Sie, ich aber litt so sehr dabei. Und dann, verzeihen Sie, Sie sind nicht reinlich. Als wir uns im Badehaus trafen, machten Sie mich zittern. Das Oberkleid war noch so so, aber die Untertaille, das Hemd! Meine Liebe, ich werde rot. Dem armen Iwan Andrejitsch bindet auch niemand seine Kravatte, wie es sich gehört, und an der Wäsche, an den Stiefeln des armen Menschen sieht man, daß sich zu Hause niemand um ihn kümmert. Er wird auch nie satt bei Ihnen, meine Liebe. Und wirklich, wenn zu Hause niemand für Tee und Kaffee sorgt, muß er ja, ob er will oder nicht, seine halbe Gage im Pavillon durchbringen. Und in Ihrer Wohnung ist es schrecklich, schrecklich! Bei niemand in der ganzen Stadt gibt es Fliegen, bei Ihnen kann man sich ihrer gar nicht erwehren, alle Teller und Schüsseln sind schwarz. Auf den Fensterbrettern, den Stühlen, sehen Sie nur, Staub, tote Fliegen, Gläser. Warum stehen die Gläser da? Und, meine Liebe, der Tisch ist jetzt noch nicht abgeräumt. Und Ihr Schlafzimmer zu betreten schämt man sich einfach. Überall liegt Wäsche herum, an den Wänden hängen Ihre verschiedenen Gummisachen, da steht ein gewisses Gefäß. – Meine Liebe, der Mann darf davon nichts wissen, und die Frau muß vor ihm rein sein wie ein Engel. Ich stehe jeden Morgen beim ersten Dämmern auf und wasch' mir das Gesicht mit kaltem Wasser, damit mein Nikodim Alexandrowitsch nicht bemerkt, daß ich verschlafen bin.«

»Das ist alles Unsinn!« schluchzte Nadeschda Fjodorowna. »Wenn ich glücklich wäre, aber ich bin so unglücklich.«

»Ja, Sie sind sehr unglücklich«, seufzte Marja Konstantinowna und hielt das Weinen kaum zurück, »und Sie erwartet in der Zukunft schreckliches Leid. Ein einsames Alter, Krankheiten, und dann die Verantwortung beim jüngsten Gericht. Schrecklich, schrecklich! Das Schicksal selbst reicht Ihnen jetzt die helfende Hand, und Sie stoßen sie töricht zurück. Lassen Sie sich trauen, möglichst bald.«

»Ja, es muß sein«, sagte Nadeschda Fjodorowna, »aber es ist unmöglich.«

»Warum?«

»Es ist unmöglich. Oh, wenn Sie wüßten!«

Nadeschda Fjodorowna wollte von Kirillin erzählen und davon, wie sie gestern abend am Hafen den jungen Atschmianow getroffen hatte und ihr der wahnsinnige Gedanke gekommen war, von ihren Schulden loszukommen, und wie sie spät abends nach Hause zurückgekommen war und sich unrettbar gefallen und verkäuflich gefühlt hatte. Sie wußte selbst nicht, wie das gekommen war. Und sie wollte jetzt vor Marja Konstantinowna den Schwur leisten, die Schuld sicher zu bezahlen, aber Schluchzen und Scham ließen sie nicht sprechen.

»Ich reise fort«, stieß sie hervor, »Iwan Andrejitsch kann hierbleiben, ich fahre fort.«

»Wohin?«

»Nach Rußland.«

»Aber wovon wollen Sie da leben? Sie haben doch nichts.«

»Ich werde Übersetzungen machen oder – oder ich eröffne eine Leihbibliothek.«

»Phantasieren Sie nicht, meine Liebe. Zu einer Leihbibliothek braucht man Geld. Übrigens will ich Sie jetzt allein lassen, Sie aber sollen sich beruhigen und nachdenken. Und morgen kommen Sie fröhlich zu mir. Das wird entzückend sein. Nun leben Sie wohl, mein Engelchen. Warten Sie, ich muß Ihnen einen Kuß geben.«

Marja Konstantinowna küßte Nadeschda Fjodorowna auf die Stirn, schlug ein Kreuz über sie und ging leise hinaus. Es dämmerte schon, und Olga zündete das Feuer in der Küche an. Immer noch weinend ging Nadeschda Fjodorowna ins Schlafzimmer und legte sich aufs Bett. Ein heftiges Fieber begann sie zu schütteln. Liegend entkleidete sie sich, schob das Kleid ans Fußende hinunter und kroch unter der Decke ganz in sich zusammen. Sie war durstig, und keiner war da, der ihr Wasser geben konnte.

»Ich geb's ihm zurück«, sprach sie zu sich selbst. Ihr kam es in ihren Phantasien vor, als säße sie neben einer Kranken und sähe, daß sie selbst die Kranke wäre: »Ich geb's ihm zurück. Zu dumm, zu glauben, daß ich des Geldes wegen ... Ich reise fort und schick' ihm das Geld aus Petersburg. Zuerst hundert, dann wieder hundert, und dann noch einmal hundert –«

Spät in der Nacht kam Lajewskij heim.

»Zuerst hundert«, sagte Nadeschda Fjodorowna zu ihm, »dann wieder hundert –«

»Du solltest Chinin nehmen«, sagte er und dachte: ›Morgen ist Mittwoch, da geht das Schiff, und ich kann nicht fort. Also muß ich bis Sonnabend hier leben.‹

Nadeschda Fjodorowna kniete im Bett auf.

»Ich habe jetzt eben doch nichts gesagt?« fragte Nadeschda Fjodorowna, lächelnd und ins Licht blinzelnd.

»Nein. Morgen früh muß man den Doktor holen. Schlaf' jetzt.«

Er nahm ein Kopfkissen und ging zur Tür. Seitdem er sich endgültig entschlossen hatte, abzureisen und Nadeschda Fjodorowna zu verlassen, erregte sie in ihm Mitleid und ein Gefühl der Schuld. Er fühlte in ihrer Gegenwart sein Gewissen schlagen, wie in der Gegenwart eines kranken oder alten Pferdes, das man zu töten beschlossen hat. In der Tür blieb er stehen, wandte sich um und sagte:

»Beim Picknick war ich erregt und grob gegen dich. Verzeih' mir das, um Gottes willen.«

Dann ging er in sein Kabinett, legte sich hin und konnte lange nicht einschlafen.

Am nächsten Morgen kam Samoilenko, des Feiertags wegen in voller Paradeuniform mit Epaulettes und Orden. Er befühlte Nadeschda Fjodorownas Puls und ließ sich ihre Zunge zeigen. Als er aus dem Schlafzimmer trat, stand Lajewskij an der Schwelle und fragte zitternd:

»Nun, wie steht es?«

Auf seinem Gesicht lag Furcht, äußerste Unruhe und gierige Hoffnung.

»Nur ruhig Blut. Es ist nichts Gefährliches«, sagte Samoilenko, »das gewöhnliche Fieber.«

»Ich spreche ja nicht davon«, sagte Lajewskij erregt und ungeduldig, »hast du das Geld bekommen?«

»Entschuldige, lieber Freund«, flüsterte Samoilenko und sah sich verwirrt nach der Tür um, »entschuldige um Gottes willen. Kein Mensch hat übriges Geld, und ich habe bis jetzt so zu fünf und zehn Rubeln alles in allem hundertundzehn zusammenbekommen. Heute sprech' ich noch mit jemand. Hab' Geduld.«

»Aber der letzte Termin ist Sonnabend«, flüsterte Lajewskij und zitterte vor Ungeduld, »bei allen Heiligen, bis Sonnabend! Wenn ich Sonnabend nicht reisen kann, brauch' ich nichts, nichts! Ich begreife nicht, wie ein Doktor kein Geld haben kann.«

»Ja, Herrgott«, flüsterte Samoilenko schnell und angestrengt, und etwas piepste in seiner Kehle, »mir haben sie alles abgepumpt, siebentausend hab' ich ausgeliehen, und ich selbst hab' rundherum Schulden. Kann ich was dafür?«

»Aber bis Sonnabend bekommst du es? Ja?«

»Ich werde mich bemühen.«

»Ich bitte dich inständig, alter Freund! So daß Freitag früh das Geld in meinen Händen ist.«

Samoilenko setzte sich und verschrieb Chininlösung, *Kalii bromati*, Rhabarbertropfen, *tincturae gentianae, aquae foeniculi*, alles in einer Mixtur, dazu fügte er Rosensirup, damit es nicht bitter schmeckte. Dann ging er.

11.

»Du siehst aus, als kämst du, mich zu verhaften«, sagte Herr von Koren, als Samoilenko in der Paradeuniform bei ihm eintrat.

»Ja, ich ging gerade vorbei, und da dachte ich: gehn wir 'mal hinauf und erweitern wir unsere Kenntnisse in der Zoologie«, sagte Samoilenko und setzte sich an den großen Tisch, den der Zoolog sich selbst aus einfachen Brettern zurechtgezimmert hatte. »Grüß Gott, heiliger Vater«, nickte er dem Diakon zu, der am Fenster saß und etwas abschrieb, »ich will nur einen Augenblick bleiben, dann lauf' ich nach Hause und sorg' für Mittag. Es wird bald Zeit. Ich störe doch nicht?«

»Absolut nicht«, erwiderte der Zoolog und breitete eng beschriebene Blätter auf den Tisch, »wir beschäftigen uns mit Abschreiben.«

»So. – Ach du lieber Gott«, seufzte Samoilenko. Dann nahm er vorsichtig ein verstaubtes Buch vom Tisch, auf dem ein toter, vertrockneter Skorpion lag, und sagte: »Übrigens, stell' dir 'mal vor, irgend ein grüner Käfer geht ruhig in seinen Geschäften des Weges, und plötzlich kommt ihm so ein Biest entgegen. Den Schrecken kann ich mir denken.«

»Ja, ich glaub' schon.«

»Hat er das Gift, um sich gegen Feinde zu verteidigen?«

»Ja, zur Verteidigung und zum Angriff.«

»So, so, so. Also ist in der Natur alles zweckmäßig und erklärlich, liebe Freunde«, seufzte Samoilenko, »eins aber kann ich nicht verstehn. Du bist doch so ein kolossal kluger Mensch, erklär' mir das, bitte. Es gibt, weißt du, ein kleines Tierchen, nicht größer als eine Ratte, das sieht sehr hübsch aus, ist aber, sag' ich dir, äußerst bösartig und von sehr schlechtem Charakter. Nehmen wir an, so ein Tierchen geht durch den Wald. Es erblickt einen Vogel, fängt ihn und frißt ihn auf. Es geht weiter und sieht im Gras ein Nest mit Eiern. Fressen mag es nicht mehr, es ist satt, aber dennoch zerbeißt es ein Ei, und die übrigen schmeißt es mit der Pfote aus dem Nest. Darauf begegnet ihm ein Frosch, es fängt an mit ihm zu spielen. Hat es den Frosch totgequält, geht es weiter und leckt sich das Maul. Da kommt ein Käfer, das Tierchen haut mit der Pfote drauf. Und so zerstört und vernichtet es alles auf seinem Wege. Es kriecht in fremde Löcher, zerstört Ameisenhaufen, zerbeißt Schnecken. Eine Ratte kommt ihm entgegen, es muß mit ihr kämpfen. Es erblickt eine Schlange oder eine Maus und tötet sie. So geht's den ganzen Tag. Nun sag' mir 'mal, wozu ist so ein Vieh nötig? Wozu ist es erschaffen?«

»Ich weiß nicht, von was für einem Tierchen du sprichst«, sagte Herr von Koren, »wahrscheinlich von irgendeinem Insektenfresser. Nun, das ist ganz einfach. Der Vogel ließ sich von ihm fangen, weil er unvorsichtig war. Das Nest mit den Eiern hat es zerstört, weil der Vogel ungeschickt war, das Nest schlecht gemacht und nicht verstanden hatte, es zu maskieren. Der Frosch hat wahrscheinlich einen Fehler in der Farbe gehabt, sonst hätte das Tier ihn nicht gesehen usw. Dein Tier vernichtet nur die Schwachen, Ungeschickten, Unvorsichtigen, mit einem Wort die Mangelhaften, deren Fortpflanzung die Natur nicht für nötig hält. Leben bleiben nur die Gewandten, Vorsichtigen, Starken und Entwickelten. Auf diese Weise dient dein Tier, ohne selbst eine Ahnung davon zu haben, den großen Zielen der Vervollkommnung.«

»Ja, ja, ja. Apropos, lieber Freund«, sagte Samoilenko beiläufig, »pump' mir doch 'mal hundert Rubel.«

»Gut. Unter den Insektenfressern kommen sehr interessante Tiere vor. Z. B. der Maulwurf. Er soll nützlich sein, da er die schädlichen Insekten vernichtet. Man erzählt, irgendein Deutscher hätte dem Kaiser Wilhelm I. einen Pelzmantel aus Maulwurfsfellen geschickt, dieser hätte ihm aber eine Rüge erteilen lassen, weil er so viele von den nützlichen Tieren getötet hatte. Und doch steht der Maulwurf an Grausamkeit dem von dir genannten Tierchen nicht nach; außerdem ist er schädlich, weil er die Wiesen aufwühlt.«

Herr von Koren öffnete seine Schatulle und nahm einen Hundertrubelschein heraus.

»Der Maulwurf hat einen so kräftigen Brustkasten wie die Fledermaus«, fuhr er fort, die Schatulle zuschließend, »furchtbar entwickelte Muskeln und Knochen und ein ganz ungewöhnliches Gebiß. Hätte er die Größe eines Elefanten, so wäre er ein allbesiegendes, zermalmendes Tier. Es ist interessant, daß, wenn zwei Maulwürfe sich unter der Erde begegnen, sie wie auf Verabredung eine größere Höhle zu graben beginnen: die brauchen sie, um bequemer kämpfen zu können. Und der Kampf dauert so lange, bis der Schwächere gefallen ist. Nimm die hundert Rubel«, sagte von Koren etwas leiser, »aber nur unter der Bedingung, daß du das Geld nicht für Lajewskij haben willst.«

»Und wenn ich es für Lajewskij wollte«, fuhr der Doktor auf, »was geht das dich an?«

»Für Lajewskij kann ich nichts hergeben. Ich weiß, es ist eine Liebhaberei von dir, anderen Leuten Geld zu pumpen. Du würdest selber dem Räuber Kerim pumpen, wenn er dich bäte. Und verzeih', aber in dieser Richtung kann ich dir nicht behilflich sein.«

»Ja, ich will das Geld für Lajewskij«, sagte Samoilenko, stand auf und gestikulierte heftig mit der Rechten, »jawohl, für Lajewskij! Und kein Satan und kein Teufel hat das Recht, mich zu lehren, was ich mit meinem Geld machen soll. Wollen Sie mir das Geld nicht geben? Nein?«

Der Diakon begann zu lachen.

»Reg' dich nicht auf, sondern denk' einmal nach«, sagte der Zoolog. »Diesem Herrn Lajewskij Wohltaten erweisen ist ebenso klug, wie Unkraut begießen oder Heuschrecken füttern.«

»Meine Meinung ist, daß wir unseren Nächsten helfen müssen«, schrie Samoilenko.

»Wenn du das willst, so hilf dem hungrigen Türken, der da hinter dem Zaun liegt. Er ist ein Arbeiter und nötiger und nützlicher als dein Lajewskij. Gib ihm die hundert Rubel. Oder opfere hundert Rubel für meine Expedition.«

»Willst du mir das Geld geben oder nicht, frag' ich dich?«

»Sag' mir mal offen: wozu braucht er das Geld?«

»Das ist kein Geheimnis. Er muß Sonnabend nach Petersburg reisen.«

»So, so«, sagte Herr von Koren gedehnt, »aha, ich verstehe. Und sie fährt mit? Oder nicht?«

»Sie bleibt fürs erste noch hier. Er ordnet in Petersburg seine Angelegenheiten und schickt ihr Geld. Dann reist sie auch.«

»Schlau!« sagte der Zoolog und lachte kurz und hell, »sehr schlau. Gut ausgedacht.«

Er ging schnell auf Samoilenko zu, stellte sich direkt vor ihn, sah ihm in die Augen und fragte:

»Nun sei einmal aufrichtig: er liebt sie nicht mehr? Nicht? Sag's nur: er liebt sie nicht mehr? Was?«

»Ja«, stieß Samoilenko heraus und begann zu schwitzen.

»Wie widerwärtig das ist«, sagte Herr von Koren, und man sah ihm den Ekel am Gesicht an. »Eins von beiden, Alexander Dawidowitsch:

entweder bist du mit ihm im Komplott, oder, entschuldige, du bist ein Einfaltspinsel. Begreifst du denn nicht, daß er dich in der schamlosesten Weise an der Nase führt, wie einen kleinen Jungen? Das ist doch klar wie die Sonne, er will sie los sein und läßt sie hier sitzen. Sie bleibt dir auf dem Halse, und klar wie die Sonne ist es, daß du sie nachher auf deine Rechnung nach Petersburg expedieren kannst. Hat dich dein reizender Freund durch seine vortrefflichen Eigenschaften so blind gemacht, daß du nicht das Einfachste mehr siehst?«

»Das sind nur Annahmen«, sagte Samoilenko und setzte sich.

»Annahmen? Aber warum reist er allein und nicht mit ihr zusammen? Und warum, frage ich, reist sie nicht voraus und er später nach? Diese spitzbübische Bestie!«

Niedergedrückt von dem plötzlichen Zweifel und Verdacht gegen seinen Freund, wurde Samoilenko plötzlich schwach und kleinlaut.

»Aber das ist ja unmöglich«, sagte er und dachte an die Nacht, die Lajewskij bei ihm zugebracht hatte, »er leidet so sehr!«

»Was beweist das? Diebe und Brandstifter leiden auch.«

»Und gesetzt den Fall, du hättest recht«, sagte Samoilenko nachdenklich, »angenommen, aber er ist doch ein junger Mensch in fremdem Lande. Er war Student, wir sind es auch gewesen, und außer uns ist hier niemand, der ihm helfen könnte.«

»Du willst ihm also bei seinen Gemeinheiten deshalb behilflich sein, weil ihr zu verschiedenen Zeiten auf der Universität gewesen seid und beide dort nichts getan habt. Was für ein Blödsinn!«

»Wart' mal. Wollen wir die Sache ganz kühl überdenken. Ich glaube, so wird es gehen«, überlegte Samoilenko, »hör' mal, ich geb' ihm das Geld, nehm' ihm aber das Ehrenwort ab, daß er binnen einer Woche Nadeschda Fjodorowna das Reisegeld schickt.«

»Und er gibt dir sein Ehrenwort, weint sogar und glaubt sich selbst. Aber was hat das für einen Wert? Er hält sein Wort nicht, und wenn du ihm nach ein paar Jahren auf dem Newskij Prospekt begegnest, mit einer neuen Liebsten am Arm, dann entschuldigt er sich damit, daß die Zivilisation ihn ausgemergelt hat und er ein armer Dekadent ist. Laß ihn doch um Gottes willen laufen. Halte dich vom Dreck fern und wühl' nicht mit beiden Händen drin rum.«

Samoilenko dachte einen Augenblick nach und sagte fest:

»Und ich geb' ihm das Geld doch. Wie du meinst – ich kann ihm nicht auf Grund bloßer Annahmen vor den Kopf stoßen.«

»Das ist ja wunderbar. Gib ihm doch einen Kuß.«

»Also gib mir doch die hundert Rubel«, bat Samoilenko schüchtern.

»Nein.«

Einige Minuten vergingen im Schweigen. Samoilenko war ganz schwach geworden. Sein Gesicht bekam einen beschämten und verlegenen Ausdruck, und seltsam genug nahm sich dies traurige, kindlich-verwirrte Gesicht bei dem riesigen Menschen mit seinen Orden und Epaulettes aus.

»Wenn der hiesige Bischof eine Inspektionsreise durch sein Bistum macht, so fährt er nicht in einer Equipage, sondern reitet«, sagte der Diakon, die Feder weglegend. »Es ist ein außerordentlich rührender Anblick, wenn der Kirchenfürst auf seinem kleinen Reitpferd sitzt. Seine Bescheidenheit und Schlichtheit sind von einer biblischen Größe.«

»Ist er ein guter Mensch?« fragte von Koren: er war froh, das Thema des Gespräches ändern zu können.

»Gewiß! Wenn er kein guter Mensch wäre, so hätte man ihn doch nicht zum Bischof geweiht.«

»Unter den Bischöfen kommen wohl sehr gute und talentierte Menschen vor«, sagte von Koren. »Leider bilden sich viele von ihnen ein, Staatsmänner zu sein. Der eine treibt Russifikationspolitik, der andere kritisiert die Wissenschaften. Das ist nicht ihre Sache. Wenn sie nur öfter ins Konsistorium hineinschauen wollten!«

»Ein Laie kann die Bischöfe nicht richten.«

»Warum denn nicht, Diakon? Der Bischof ist ja genau der gleiche Mensch wie ich.«

»Der gleiche, und doch nicht der gleiche«, versetzte der Diakon beleidigt und griff wieder nach der Feder. »Wenn Sie der gleiche Mensch wären, so ruhte auch auf Ihnen die göttliche Gnade und Sie wären selbst Bischof. Und da Sie kein Bischof sind, so sind Sie doch ein anderer Mensch.«

»Schwatze nicht, Diakon!« sagte Samoilenko angeödet. »Hör' mal, was ich mir ausgedacht habe«, wandte er sich an Herrn von Koren, »gib mir diese hundert Rubel nicht. Du wirst bis zum Winter noch drei Monate bei mir essen. Also zahl' mir die drei Monate voraus.«

»Nein.«

Samoilenko zwinkerte mit den Augen und wurde rot. Mechanisch zog er das Buch mit dem Skorpion heran und sah ihn an, dann stand er auf und nahm seine Mütze. Herr von Koren begann weich zu werden.

»Ja, mit solchen Herrschaften soll man leben und etwas Vernünftiges anfangen«, sagte der Zoolog und schleuderte ärgerlich mit dem Fuß ein Stück Papier in die Ecke. »Mensch, kapier' doch, das ist keine Güte, keine Liebe, sondern Kleinmut, Schwachheit, Gift! Was der Verstand aufrichtet, das reißen eure hinfälligen, den Teufel nichts werten Herzen wieder nieder. Als Schüler hatte ich mal den Unterleibstyphus, da hat mich meine Tante aus lauter Mitleid mit marinierten Pilzen gefüttert. Ich wäre fast gestorben. Du und alle alten Tanten, ihr solltet einsehen, daß die Menschenliebe sich nicht im Herzen befinden soll oder in der Herzgrube oder im Buckel, sondern hier!«

Herr von Koren klopfte sich vor die Stirn.

»Nimm!« sagte er und schob ihm den Hundertrubelschein hin.

»Ärgere dich nicht unnütz, Kolja«, sagte Samoilenko sanft und faltete den Schein zusammen, »ich verstehe dich ausgezeichnet, aber versetz' dich mal in meine Lage.«

»Du bist eben ein altes Weib. Das ist die Geschichte.« Der Diakon begann zu lachen.

»Hör' mal, Alexander Dawidowitsch, eine letzte Bitte«, sagte Herr von Koren eindringlich, »wenn du diesem Saukerl das Geld gibst, so stell ihm eine Bedingung. Er soll mit seiner Madam zusammen reisen, oder sie voraus. Anders gib es nicht her. Zeremoniell brauchst du ihm gegenüber nicht zu sein. Sag' ihm das, und wenn du's nicht tust, so geh' ich auf Ehrenwort zu ihm aufs Bureau und schmeiße ihn die Treppe hinunter, und dich kenn' ich nicht mehr. Das versichere ich dir.«

»Aber natürlich. Es ist ja bequemer für ihn, mit ihr zusammenzureisen oder sie vorauszuschicken«, sagte Samoilenko, »er wird sogar froh sein. Nun aber, adieu.«

Er nahm herzlich Abschied und ging. Aber bevor er die Tür hinter sich schloß, sah er sich nach Herrn von Koren um, machte ein schreckliches Gesicht und sagte:

»Die Deutschen haben dich verdorben, die Deutschen!«

12.

Am nächsten Tag, einem Donnerstag, feierte Marja Konstantinowna den Geburtstag ihres Kostja. Mittags waren alle zu einer Pastete geladen und abends zur Schokolade. Als am Abend Lajewskij und Nadeschda

Fjodorowna eintraten, fragte Herr von Koren, der schon im Wohnzimmer saß und Schokolade trank, den Doktor:

»Hast du schon mit ihm gesprochen?«

»Nein, noch nicht.«

»Also paß auf und genier dich nicht. Ich kann die Frechheit dieser Herrschaften wirklich nicht begreifen. Sie wissen doch sehr gut, wie diese Familie über ihr uneheliches Zusammenleben denkt, und doch kommen sie her.«

»Wenn man mit jedem Vorurteil rechnen wollte«, sagte Samoilenko, »so könnte man wirklich nirgends hingehen.«

»Ist denn die Abneigung der Masse gegen die außereheliche Liebe und Liederlichkeit nur ein Vorurteil?«

»Gewiß. Vorurteil und Gehässigkeit. Wenn die Soldaten eine Dirne sehen, so beginnen sie zu pfeifen und zu lachen. Frage sie aber: was sind sie selbst?«

»Nicht umsonst pfeifen sie. Daß die Mädchen ihre unehelichen Kinder erwürgen und dafür nach Sibirien kommen, daß Anna Karenina sich von einem Zug überfahren ließ, daß man in den Dörfern die Tore der Häuser, wo Mädchen, die gefehlt haben, wohnen, mit Pech beschmiert, daß uns beiden, wir wissen selbst nicht warum, an Katja ihre Unberührtheit gefällt und daß jeder das Bedürfnis nach reiner Liebe empfindet, obwohl er weiß, daß es eine solche Liebe nicht gibt, – sind das lauter Vorurteile? Das ist noch das einzige, was von der natürlichen Zuchtwahl geblieben ist, mein Lieber, und wenn es diese dunkle Macht nicht gäbe, die die Beziehungen zwischen den Geschlechtern reguliert, so hätten dir diese Lajewskijs schon gezeigt, was sie können, und die Menschheit wäre in zwei Jahren degeneriert.«

Lajewskij kam ins Wohnzimmer, begrüßte alle und lächelte gezwungen, als er Herrn von Koren die Hand reichte. Er wartete einen geeigneten Augenblick ab und sagte zu Samoilenko:

»Entschuldige, Alexander Dawidowitsch, könnte ich dich auf ein paar Worte sprechen?«

Samoilenko stand auf, legte den Arm um ihn, und sie gingen in das Kabinett des Hausherrn.

»Morgen ist Freitag«, sagte Lajewskij und kaute an seinen Nägeln, »hast du bekommen, was du mir versprochen hast?«

»Ich habe nur zweihundertundzehn. Den Rest bekomme ich heute oder morgen. Sei ganz ruhig.«

»Gott sei Dank«, seufzte Lajewskij, und seine Hände zitterten vor Freude, »du bist mein Retter, Alexander Dawidowitsch, und ich schwöre dir bei Gott, bei meinem Glück, oder wobei du willst, dieses Geld schick' ich dir sofort nach meiner Ankunft. Und auch die alte Schuld.«

»Hör' mal, Wanja«, sagte Samoilenko, faßte ihn an einem Knopf seines Rocks und wurde rot, »entschuldige, daß ich mich in deine Familienangelegenheiten mische, aber – warum reisest du nicht zusammen mit Nadeschda Fjodorowna?«

»Komischer Mensch, ist das denn möglich? Einer von uns muß unbedingt hier bleiben, sonst bocken die Gläubiger auf. Ich habe doch in den Läden hier etwa siebenhundert Rubel Schulden, wenn nicht noch mehr. Wart' nur, ich schick' ihnen das Geld und stopfe ihr Maul, dann kann sie auch abreisen.«

»So. – Aber warum schickst du sie nicht voraus?«

»Heiliger Herrgott, ist das denn möglich?« sagte Lajewskij erschrocken: »Sie ist doch ein Frauenzimmer, was soll sie dort allein machen? Was weiß sie? Das ist nur Zeitverschwendung und fortgeworfenes Geld.«

›Ganz vernünftig‹, dachte Samoilenko, aber er erinnerte sich der Unterredung mit Herrn von Koren, bezwang sich und sagte mürrisch: »Ich kann dir nicht zustimmen. Entweder fahr mit ihr zusammen oder schick' sie voraus, sonst geb' ich dir das Geld nicht. Das ist mein letztes Wort.«

Er konzentrierte sich rückwärts, öffnete mit der Schulter die Tür und kam ganz rot und aufgeregt ins Wohnzimmer zurück.

›Freitag, Freitag‹, dachte Lajewskij, als er ins Wohnzimmer trat. – ›Freitag.‹

Man gab ihm eine Tasse Schokolade. Er verbrühte sich Lippen und Zunge mit dem heißen Getränk und dachte: ›Freitag, Freitag.‹

Das Wort Freitag wollte ihm durchaus nicht aus dem Kopf. Er dachte nur an den Freitag, und ihm war nur das eine klar, nicht im Kopf, sondern irgendwo unter dem Herzen, daß er am Sonnabend nicht reisen könnte. Vor ihm stand, akkurat wie immer, Nikodim Alexandrowitsch mit seinen vorwärtsgekämmten Haaren und bat:

»Ach, bitte, bedienen Sie sich doch!«

Maria Konstantinowna zeigte den Gästen Katjas Schulzeugnisse und sagte singend:

»Es ist jetzt wirklich furchtbar schwer in der Schule. Es wird so viel verlangt –«

»Ach, Mama«, seufzte Katja, die sich vor Verlegenheit und Lobeserhebungen kaum zu bergen wußte.

Lajewskij sah sich die Zeugnisse gleichfalls an und lobte sie. Religion, russische Sprache, Betragen, die Einser tanzten vor seinen Augen, und alles das, vereint mit dem Freitag, der sich in ihm festgebohrt hatte, mit Nikodim Alexandrowitschs vorwärts gekämmten Löckchen und Katjas roten Wangen verkörperte sich ihm als die unbegrenzte, unbesiegbare Langeweile. Er hätte fast aufgeschrien und fragte sich: Soll ich denn wirklich, wirklich nicht abreisen?

Zwei Kartentische wurden aneinander gerückt und man setzte sich, um das Postspiel zu spielen. Lajewskij setzte sich auch.

›Freitag, Freitag‹, dachte er, lächelte und zog einen Bleistift aus der Tasche. – ›Freitag.‹

Er wollte seine Lage überdenken, wagte es aber nicht, zu denken. Schrecklich war ihm das Bewußtsein, daß der Doktor ihn auf dem Betrug ertappt hatte, den er so lange und sorgfältig vor sich selbst hatte verbergen können. Bei den Träumen von der Zukunft hatte er seinen Gedanken nie volle Freiheit gegeben. Er würde in den Zug steigen und abfahren. Damit entschied sich die Frage seines Lebens, und weiter dachte er nicht. Wie ein fernes, trübes Feuerchen auf weitem Felde blitzte zuweilen in seinem Kopf der Gedanke auf, daß er einst in ferner Zukunft in einer kleinen Petersburger Winkelgasse zu einer kleinen Lüge würde seine Zuflucht nehmen müssen, um von Nadeschda Fjodorowna loszukommen und seine Schulden zu bezahlen. Nur einmal würde er lügen, dann würde die volle Erneuerung eintreten. Und das war gut. Um den Preis einer kleinen Lüge würde er die große Wahrheit kaufen.

Jetzt aber, als der Doktor durch seine Bedingung so rauh auf den Betrug hingewiesen hatte, wurde ihm klar, daß er nicht nur einmal in ferner Zukunft würde lügen müssen, sondern auch heute und morgen und nach einem Monat und vielleicht bis an sein Lebensende. Tatsächlich, um fortzukommen, mußte er Nadeschda Fjodorowna, seine Gläubiger und seine Vorgesetzten anlügen. Um nachher in Petersburg Geld zu bekommen, mußte er seiner Mutter vorlügen, daß er mit Nadeschda Fjodorowna bereits auseinander sei. Und die Mutter würde ihm nicht mehr als fünfhundert Rubel geben. Also hatte er den Doktor schon betrogen, denn er würde nicht imstande sein, ihm das Geld so bald zu schicken. Und dann, wenn Nadeschda Fjodorowna nach Petersburg käme, würde er eine ganze Reihe von kleinen und großen Lügen brauchen, um von ihr loszukommen. Und wieder Tränen, Langeweile, ein verfehltes Leben, Reue. Es würde also gar keine Wiedergeburt geben. Ein Betrug und weiter nichts. Vor Lajewskijs Geist türmte sich ein ganzer Berg von Lüge. Um ihn mit einemmal zu überspringen und nicht so in kleinen Teilen zu lügen, hätte er sich zu einer energischen Maßregel entschließen müssen. Er hätte zum Beispiel, ohne ein Wort zu verlieren, aufstehen, seine Mütze nehmen und ohne Geld abreisen sollen. Aber Lajewskij fühlte, das vermochte er nicht.

›Freitag, Freitag‹, dachte er. – ›Freitag.‹

Die andern beschrieben kleine Zettel, falteten sie zusammen und warfen sie in einen alten Zylinderhut des Hausherrn, und als es genug war, ging Kostja als Postillon um den Tisch und teilte sie aus. Der Diakon, Katja und Kostja hatten komische Briefe bekommen, sie bemühten sich noch komischere Antworten zu schreiben und waren ganz begeistert.

»Wir müssen noch miteinander sprechen«, las Nadeschda Fjodorowna auf einem Zettel. Sie wechselte einen Blick mit Marja Konstantinowna, und die lächelte lindenblütenhaft und nickte ihr zu.

›Wovon sollen wir sprechen?‹ dachte Nadeschda Fjodorowna. – ›Wenn man nicht alles erzählen kann, dann hat das Sprechen überhaupt keinen Zweck.‹

Vor diesem Besuch hatte sie Lajewskij die Krawatte gebunden, und die kleine Operation hatte ihre Seele mit Zärtlichkeit und Trauer erfüllt. Sein erregtes Gesicht, die zerstreuten Blicke, seine Blässe und die unverständliche Wandlung, die sich in letzter Zeit mit ihm vollzogen hatte, und ferner, daß sie ein schreckliches, schmachvolles Geheimnis vor ihm hatte, alles das kündete ihr, sie würden nicht mehr lange beisammen bleiben. Sie sah ihn an wie ein Heiligenbild, voll Furcht und Reue, und dachte: ›Verzeih, verzeih.‹ – Ihr gegenüber saß Atschmianow und wandte seine schwarzen, verliebten Augen nicht von ihr. Und wieder regten ihre Wünsche sie auf, sie schämte sich vor sich selbst und hatte die Furcht, daß selbst Kummer und Leid sie nicht von unreiner Leidenschaft retten würden, und daß sie wie ein Gewohnheitssäufer nicht mehr die Kraft hätte, zu widerstehen.

Um dieses Leben nicht weiterzuführen, das schimpflich für sie und beleidigend für Lajewskij war, beschloß sie fortzureisen. Sie wollte ihn unter Tränen anflehen, sie ziehen zu lassen, und sollte er sich widersetzen, würde sie heimlich von ihm gehen. Sie wollte ihm nichts davon erzählen, was geschehen war. Er sollte eine reine Erinnerung von ihr behalten.

»Ich liebe, liebe, liebe dich«, las sie. Der Zettel kam von Atschmianow.

Sie würde irgendwo in der Einsamkeit leben und arbeiten und Lajewskij anonym Geld schicken und gestickte Nachthemden und Tabak. Zu ihm zurückkehren wollte sie erst, wenn er alt wäre oder wenn er einmal gefährlich erkranken und eine Pflegerin brauchen sollte. Im Alter würde er erfahren, warum sie sich geweigert, seine Frau zu werden, und ihn verlassen hatte, dann würde er ihr Opfer zu schätzen wissen und ihr verzeihen.

»Sie haben eine lange Nase.« Das hatte ihr wahrscheinlich der Diakon geschrieben oder Kostja.

Nadeschda Fjodorowna malte sich aus, wie sie beim Abschied Lajewskij heftig umarmen, ihm die Hand küssen und ihm schwören würde, ihn ihr ganzes, ganzes Leben lang lieb zu behalten. Und nachher, in der Einsamkeit, unter fremden Leuten, würde sie jeden Tag daran denken, daß ihr irgendwo ein Freund lebte, ein geliebter Mensch, ein Reiner, Edler, Erhabener, der eine unbefleckte Erinnerung von ihr bewahrte.

»Wenn Sie mir nicht für heute ein Rendezvous bestimmen, erzähle ich alles Lajewskij und mache Ihnen einen öffentlichen Skandal.« Das kam von Kirillin.

13.

Lajewskij bekam zwei Zettel. Er entfaltete den ersten und las: »Reise nicht, mein Engel.«

Wer konnte ihm das schreiben? Samoilenko natürlich nicht. Auch der Diakon nicht, der konnte ja nicht wissen, daß er abreisen wollte. Am Ende Herr von Koren?

Der Zoolog beugte sich über den Tisch und zeichnete eine Pyramide. Lajewskij schien es, als leuchteten seine Augen. Wahrscheinlich hat Samoilenko sich verplappert, dachte er.

Auf dem anderen Zettel stand in derselben unruhigen Schrift mit den langen Schwänzen und Schnörkeln: »Ich weiß jemand, der am Sonnabend nicht reist.«

›Albernes Machwerk‹, dachte Lajewskij. – ›Freitag, Freitag.‹

Ihm stieg etwas in die Kehle. Er lockerte an seinem Kragen und hüstelte, aber statt des Hustens brach ein Lachen hervor.

»Hahaha«, lachte er – »Hahaha!« – ›Warum tu' ich das?‹ dachte er. – »Hahaha!«

Er versuchte, an sich zu halten, bedeckte den Mund mit der Hand, aber das Lachen drohte ihm Hals und Brust zu zersprengen, er konnte die Hand nicht vor dem Mund lassen.

›Wie dumm ist das doch!‹ dachte er und wand sich vor Lachen, ›bin ich denn verrückt geworden?‹

Sein Lachen klang immer höher und höher und ging schließlich in eine Art Gebell über. Lajewskij wollte aufstehen, aber seine Beine parierten ihm nicht, und seine rechte Hand tanzte wider seinen Willen ganz sonderbar auf dem Tisch umher, griff zitternd nach den Zetteln und zerknitterte sie. Er sah erstaunte Augen, Samoilenkos ernstes, erschrockenes Gesicht und den Blick des Zoologen, der voll war von kaltem Spott und Hohn, und begriff, daß er einen hysterischen Anfall hatte.

›Wie scheußlich, welche Blamage‹, dachte er und fühlte warme Tränen auf seinem Gesicht. ›Herrgott, die Schande! So was hab' ich doch sonst nie gehabt.‹

Er wurde umfaßt und irgendwohin geführt. Dabei stützte jemand von hinten seinen Kopf. Dann blitzte ein Glas vor seinen Augen auf und schlug an seine Zähne, Wasser lief ihm auf die Brust hinunter. Er erblickte ein kleines Zimmer, mitten darin zwei Betten nebeneinander, überdeckt mit sauberen, schneeweißen Decken. Er warf sich auf das eine und schluchzte auf.

»Ruhig, ruhig«, redete Samoilenko ihm zu, »das kann passieren, kann passieren.«

Ganz kalt vor Schrecken, am ganzen Körper zitternd und voll schlimmer Ahnungen stand Nadeschda Fjodorowna am Bett und fragte:

»Was fehlt dir? Was denn? Um Gottes willen, sprich doch!«

›Kirillin hat ihm am Ende was geschrieben‹, dachte sie.

»Es ist nichts«, sagte Lajewskij lachend und weinend, »geh hinaus, mein Schatz.«

Sein Gesicht drückte weder Haß noch Ekel aus: er wußte also nichts. Nadeschda Fjodorowna beruhigte sich etwas und ging ins Wohnzimmer.

»Regen Sie sich nicht auf, meine Liebe«, sagte Marja Konstantinowna, setzte sich neben sie und ergriff ihre Hand, »das geht vorüber. Die Männer sind ebenso schwach wie wir armen Frauen. Sie beide leben jetzt in einer Krisis. Das ist so verständlich! Nun, meine Liebe, ich warte auf Ihre Antwort. Wollen wir über die Sache reden.«

»Nein, nein«, sagte Nadeschda Fjodorowna und horchte auf Lajewskijs Schluchzen, »ich fühle mich nicht wohl, erlauben Sie mir, nach Hause zu gehen.«

»Um des Himmels willen, meine Liebe«, sagte Marja Konstantinowna erschrocken, »Sie werden doch nicht glauben, daß ich Sie ohne Abendessen fortlasse? Essen Sie doch zuerst etwas.«

»Ich fühl' mich nicht wohl«, flüsterte Nadeschda Fjodorowna und hielt sich mit beiden Händen an der Stuhllehne, um nicht hinzufallen.

»Er hat die Epilepsie!« sagte Herr von Koren lustig und kam ins Wohnzimmer. Aber als er Nadeschda Fjodorowna erblickte, wurde er verlegen und ging hinaus.

Als der Anfall vorüber war, saß Lajewskij auf dem fremden Bett und dachte: ›Die Blamage, ich hab' losgeheult wie ein kleines Mädchen. Jetzt komme ich allen lächerlich und scheußlich vor. Ich werde mich durch die Hintertür drücken. Übrigens, das würde aussehen, als legte ich meinem Anfall eine ernste Bedeutung bei. Ich sollte eigentlich einen Scherz aus der Geschichte machen.‹

Er besah sich im Spiegel, saß noch eine Weile, dann ging er ins Wohnzimmer.

»Da bin ich auch wieder!« sagte er lächelnd. Er schämte sich schrecklich und hatte das Gefühl, als schämten sich auch die anderen in seiner Gegenwart. »Solche Sachen kommen vor«, fuhr er fort und setzte sich, »ich sitze da und, wissen Sie, plötzlich fühl' ich einen entsetzlichen stechenden Schmerz in der Seite. Unerträglich, meine Nerven hielten es nicht aus und – und da kam diese dumme Geschichte. Ja, unsere nervöse Zeit, da ist nichts zu wollen.«

Beim Abendessen trank er Wein und unterhielt sich. Dazwischen aber seufzte er zitternd und strich sich mit der Hand über die Seite, als wollte er zeigen, daß er noch immer Schmerzen hätte. Und niemand außer Nadeschda Fjodorowna glaubte ihm, und er empfand das.

Um zehn Uhr machte man einen Spaziergang über den Boulevard. Nadeschda Fjodorowna fürchtete eine Unterredung mit Kirillin und hielt sich die ganze Zeit an der Seite Marja Konstantinownas oder der Kinder. Sie war noch ganz schwach vor Schrecken und traurigen Gedanken, sie fühlte ein Fieber kommen und setzte gequält und mühsam einen Fuß vor den andern, ging aber nicht nach Hause, weil sie sicher war, daß Kirillin oder Atschmianow ihr folgen würden, oder beide zugleich. Kirillin ging neben Nikodim Alexandrowitsch hinter ihr und trällerte halblaut:

»Ich laß nicht mit mir spie-len. Ich laß nicht mit mir spie-len.«

Vom Boulevard ging man am Strand entlang zum Pavillon und bewunderte lange das Meeresleuchten. Herr von Koren begann zu erzählen, wodurch dieses Leuchten entstände.

14.

Ich muß jetzt aber zum Whist, ich werde erwartet«, sagte Lajewskij, »ich empfehle mich den Herrschaften.«

»Wart', ich komme mit«, sagte Nadeschda Fjodorowna und nahm seinen Arm.

Sie verabschiedeten sich von der Gesellschaft und gingen. Kirillin verabschiedete sich gleichfalls, sagte, er hätte den gleichen Weg und ging mit ihnen.

›Was geschehen muß, geschieht‹, dachte Nadeschda Fjodorowna. – ›Meinetwegen.‹

Ihr schien, als hätten alle schlimmen Erinnerungen sich aus ihrem Kopf befreit und gingen im Dunkel neben ihr her und seufzten schwer, und als kröche sie selbst wie eine Fliege, die in die Tinte gefallen war, mühsam über das Pflaster und färbte Lajewskijs Arm und Seite schwarz. Wenn Kirillin ihr etwas Schlimmes täte, so wäre ja nicht er schuld daran, sondern sie. Es hatte ja doch eine Zeit gegeben, da kein Mann mit ihr so zu sprechen wagte wie Kirillin, und sie selbst hatte diese Zeit zerrissen wie einen Faden und sie unwiederbringlich zerstört. Wer war schuld daran? Trunken gemacht durch ihre Begierden hatte sie einem vollkommen fremden Menschen nur deshalb zugelächelt, weil er stattlich und hochgewachsen war. Nach zwei Zusammenkünften war sie ihn überdrüssig geworden und hatte ihn voll Widerwillen zurückgestoßen. Und, dachte sie jetzt, hat er deswegen nicht das Recht, mit mir umzugehen, wie er will?

»Hier muß ich mich von dir verabschieden«, sagte Lajewskij und blieb stehen, »Ilja Michailytsch wird so freundlich sein, dich zu begleiten.«

Er verbeugte sich vor Kirillin und ging schnell über den Boulevard und durch die Straße zum Hause Scheschkowskijs, dessen Fenster erleuchtet waren; dann hörte man, wie er an der Gittertür rüttelte.

»Ich muß mich mit Ihnen aussprechen«, begann Kirillin. »Ich bin kein dummer Junge, bin kein Atschkassow, oder Latschkassow, Satschkassow ... Ich verlange Ernst!«

Nadeschda Fjodorowna klopfte das Herz. Sie antwortete nicht.

»Den plötzlichen Wechsel in Ihrem Benehmen gegen mich hab' ich mir anfangs mit Koketterie erklärt«, fuhr Kirillin fort, »jetzt sehe ich, es hat tiefere Gründe. Sie wollten einfach mit mir spielen wie mit diesem Armenierjungen, aber ich bin ein anständiger Mensch und verlange, daß man mich anständig behandelt. Also, ich stehe zu Diensten.«

»Ich habe solchen Gram«, sagte Nadeschda Fjodorowna und fing an zu weinen. Um die Tränen nicht zu zeigen, wandte sie sich ab.

»Ich bin auch unwohl, was soll man tun?«

Kirillin schwieg einen Augenblick, dann sagte er langsam und deutlich: »Ich wiederhole, gnädige Frau, ich wiederhole es, wenn Sie mir heute keine Audienz bewilligen, so mache ich heute noch Skandal.«

»Lassen Sie mich heute«, sagte Nadeschda Fjodorowna, und ihre eigene Stimme dünkte ihr fremd, so kläglich und dünn klang sie.

»Ich muß Ihnen eine Lektion erteilen – entschuldigen Sie meinen unhöflichen Ton. Jawohl, zu meinem lebhaften Bedauern muß ich Ihnen eine Lektion erteilen. Ich fordere zwei Zusammenkünfte: heute und morgen. Übermorgen sind Sie vollkommen frei und können gehen, wohin und mit wem Sie wollen. Heute und morgen.«

Nadeschda Fjodorowna war an ihrer Gartentür und blieb stehen.

»Lassen Sie mich«, flüsterte sie, zitternd am ganzen Körper, und sah vor sich nichts als seinen weißen Interimsrock, »Sie haben recht, ich bin eine entsetzliche Frau, ich bin schuldig. Aber lassen Sie mich fort, ich bitte Sie«, sie ergriff tastend seine kalte Hand und erzitterte im Gefühl des Ekels, »ich flehe Sie an.«

»Oh weh«, seufzte Kirillin, »oh weh! Es liegt aber nicht in meinem Plan, Sie fortzulassen, und außerdem, gnädige Frau, ich traue den Weibern zu wenig, um –«

»Mir ist so elend zumute ...«

Nadeschda Fjodorowna horchte auf das eintönige Rauschen des Meeres und schaute zum Himmel empor, der mit Sternen besät war, und sie sehnte sich, schnell ein Ende machen mit allem und frei zu werden von der verfluchten Empfindung des Lebens mit seinem Meer, seinen Sternen, seinen Männern und seinem Fieber.

»Nur nicht bei mir zu Hause«, sagte sie kalt, »bringen Sie mich woanders hin.«

»Gehen wir zu Mjuridow. Das ist das Gescheiteste.«

»Wo ist das?«

»Beim alten Wall.«

Sie ging schnell die Straße hinunter und bog dann in ein Seitengäßchen, das zu den Bergen führte. Es war dunkel. Hier und da lagen auf dem Pflaster die bleichen Lichtstreifen erleuchteter Fenster, und sie kam sich wie eine Fliege vor, die bald in die Tinte fiel, bald wieder ans Licht hervorkroch. Kirillin ging hinter ihr. Einmal stolperte er, daß er fast hingefallen wäre, und fing zu lachen an.

›Er ist betrunken‹, dachte Nadeschda Fjodorowna. – ›Einerlei, einerlei. Meinetwegen.‹

Atschmianow hatte sich auch bald von der Gesellschaft verabschiedet und war Nadeschda Fjodorowna gefolgt, um sie zu einer Bootfahrt aufzufordern. Er ging an ihr Haus und schaute über den Zaun. Die Fenster waren weit offen, Licht war nirgends.

»Nadeschda Fjodorowna«, rief er.

»Wer ist da?«

»Ist Nadeschda Fjodorowna zu Hause?«

»Nein. Sie ist noch nicht gekommen.«

›Sonderbar, höchst sonderbar!‹ dachte er, und eine starke Unruhe erwachte in ihm. Sie war doch nach Hause gegangen.

Er schlenderte den Boulevard entlang, dann durch die Straße. Dort schaute er bei Scheschkowskij ins Fenster. Lajewskij saß in Hemdärmeln am Tisch und betrachtete aufmerksam seine Karten.

»Sonderbar, sonderbar«, flüsterte Atschmianow und fühlte Scham, als er an Lajewskijs hysterischen Anfall dachte, »wenn sie nicht zu Hause ist, wo ist sie dann?«

Er ging wieder zu Nadeschda Fjodorownas Wohnung und schaute in die dunkeln Fenster.

›Sie betrügt mich‹, dachte er und erinnerte sich, daß sie ihm heute vormittag bei Bitjugows selbst versprochen hatte, am Abend mit ihm zu Boot zu fahren.

Die Fenster des Hauses, wo Kirillin wohnte, waren dunkel. Sein Bursche saß auf dem Bänkchen vor der Tür und wartete auf die Heimkehr seines Herrn. Atschmianow wurde jetzt alles klar. Er beschloß nach Hause zu gehen und machte sich auf den Weg, befand sich plötzlich aber wieder vor Nadeschda Fjodorownas Wohnung. Dort setzte er sich auf das Bänkchen neben der Tür und nahm den Hut ab. Denn sein Kopf brannte vor Eifersucht.

Die Uhr der Stadtkirche schlug nur zweimal am Tage: zu Mittag und um Mitternacht. Bald nachdem es Mitternacht geschlagen hatte, ertönten eilige Schritte.

»Also morgen abend wieder bei Mjuridow«, hörte Atschmianow und erkannte Kirillins Stimme, »um acht Uhr. Auf Wiedersehen.«

Am Zaun erschien Nadeschda Fjodorowna. Sie bemerkte Atschmianow auf seiner Bank nicht und ging im Schatten an ihm vorbei, öffnete die Gartentür und ließ sie offen, als sie ins Haus ging. In ihrem Zimmer angekommen, machte sie Licht und entkleidete sich schnell, legte sich aber nicht ins Bett, sondern sank vor einem Stuhl auf die Knie, schlang die Arme um die Lehne und preßte ihre Stirn aufs Polster.

Lajewskij kam um drei Uhr früh nach Hause.

15.

Da Lajewskij beschlossen hatte, nicht mit einemmal energisch zu lügen, sondern langsam und allmählich, kam er am nächsten Nachmittag um zwei Uhr zu Samoilenko. Er wollte das Geld holen, um unbedingt am Sonnabend abzureisen. Nach dem gestrigen hysterischen Anfall, der zu seinem trüben Gemütszustand noch ein scharfes Gefühl von Scham gefügt hatte, war ein längeres Dableiben undenkbar. Wenn Samoilenko auf seinen Bedingungen bestehen würde, so könnte er ja darauf eingehen und das Geld nehmen und am nächsten Tag im Augenblick der Abfahrt sagen, Nadeschda Fjodorowna hätte selbst nicht mitgewollt. Bis morgen würde er sie schon überzeugen, daß alles das nur zu ihrem Besten geschehe. Und sollte Samoilenko, der sich ja augenscheinlich unter Herrn von Korens Einfluß befand, die Herausgabe des Geldes überhaupt verweigern oder neue Bedingungen stellen, so wollte er, Lajewskij, noch heute mit dem Frachtdampfer abfahren oder sogar mit dem kleinen Dampfboot nach Neu-Athos oder Noworossijsk. Von dort würde er seiner Mutter ein demütiges Telegramm senden und dableiben, bis ihm die Mutter Geld schickte.

In Samoilenkos Wohnzimmer traf er Herrn von Koren. Der Zoolog war gerade zum Essen gekommen und blätterte nach seiner Gewohnheit im Album und betrachtete die Herren mit den Zylindern und die Damen mit den Hauben.

›Zu dumm‹, dachte Lajewskij, ›er könnte stören.‹

»Guten Morgen.«

»'n Morgen«, erwiderte Herr von Koren, ohne ihn anzusehen.

»Ist Alexander Dawidytsch zu Hause?«

»Jawohl. In der Küche.«

Lajewskij wollte in die Küche, als er aber an der Tür sah, daß Samoilenko mit dem Salat zu tun hatte, ging er wieder ins Wohnzimmer und setzte sich. Im Beisein des Zoologen fühlte er sich unbehaglich, und heute fürchtete er, von dem gestrigen Anfall sprechen zu müssen. Einige Minuten vergingen im Schweigen. Plötzlich richtete Herr von Koren den Blick auf Lajewskij und fragte:

»Wie fühlen Sie sich nach der Geschichte von gestern?«

»Ausgezeichnet«, entgegnete Lajewskij und wurde rot, »im Grunde war es ja auch nichts Besonderes.«

»Bis zum gestrigen Tage hatte ich geglaubt, daß Hysterie nur bei Damen vorkäme. Darum meinte ich anfangs, Sie hätten den Veitstanz.«

Lajeswkij lächelte gezwungen und dachte: ›Wie wenig taktvoll ist das von ihm. Er weiß doch genau, daß es mir unangenehm ist.‹

»Ja, es war eine komische Geschichte«, sagte er und lächelte weiter, »ich habe heute morgen die ganze Zeit gelacht. Das Merkwürdige an so einem hysterischen Anfall ist: man weiß ganz genau, daß er albern ist, und lacht innerlich über ihn und dabei weint man. In unserer nervösen Zeit ist man der Sklave seiner Nerven. Sie sind unsere Herren und tun mit uns, was sie wollen. Die Zivilisation hat uns in der Beziehung einen Bärendienst geleistet –«

Lajewskij redete, und es war ihm unangenehm, daß Herr von Koren ernst und aufmerksam zuhörte und ihn interessiert ansah, ohne mit den Wimpern zu zucken, als wollte er seine Worte auswendig lernen. Und über sich selbst ärgerte er sich, weil er trotz seiner nicht gerade liebevollen Gefühle gegen Herrn von Koren dieses verdammte gezwungene Lächeln nicht von seinem Gesicht bannen konnte.

»Übrigens muß ich gestehen«, fuhr er fort, »der Anfall hatte direkte und ziemlich tiefe Ursachen. In letzter Zeit ist meine Gesundheit sehr erschüttert. Dazu die Langeweile, der ewige Geldmangel, dann die Entfernung von den Menschen und den geistigen Interessen. Meine Lage ist wirklich traurig.«

»Allerdings, Ihre Lage ist hoffnungslos.«

Diese ruhigen, kühlen Worte mit ihrer ungebetenen Prophezeihung beleidigten Lajewskij. Ihm fiel der Blick voll Spott und Hohn ein, den der Zoolog gestern auf ihn geworfen hatte. Einen Augenblick schwieg er, das Lächeln war von seinem Gesicht verschwunden, dann fragte er:

»Woher ist Ihnen meine Lage bekannt?«

»Sie haben soeben selbst davon gesprochen. Außerdem nehmen Ihre Freunde so warmen Anteil an Ihrem Wohlergehen, daß man den ganzen Tag nur von Ihnen hört.«

»Was für Freunde? Vielleicht Samoilenko?«

»Ja, er auch.«

»Ich würde Alexander Dawidytsch und überhaupt meinen Freunden dankbar sein, wenn sie sich weniger um mich bekümmerten.«

»Da kommt Samoilenko, bitten Sie ihn doch, sich weniger um Sie zu kümmern.«

»Ich verstehe Ihren Ton nicht«, stieß Lajewskij hervor. Ihn erfaßte ein Gefühl, als begriffe er erst jetzt, daß der Zoolog ihn haßte, verachtete und sich über ihn lustig machte. Herr von Koren erschien ihm als seine bösester, unversöhnlichster Feind.

»Sparen Sie sich diesen Ton für andere Leute«, sagte er leise. Er hatte nicht die Kraft, laut zu sprechen, weil ihm der Haß die Brust und den Hals zusammenpreßte, wie gestern die krampfhafte Lachlust.

Samoilenko trat ein, in Hemdsärmeln, verschwitzt und rot von der Küchenwärme.

»Ah, du bist hier?« sagte er, »guten Tag, Freundchen. Hast du schon gegessen? Nur keine Förmlichkeiten, sag', hast du schon gegessen?«

»Alexander Dawidytsch«, sagte Lajewskij und stand auf, »wenn ich mich in einer intimen Angelegenheit mit einer Bitte an dich gewandt habe, so sollte das nicht heißen, daß ich dich von der Verpflichtung entbunden hätte, taktvoll zu sein und fremde Geheimnisse zu respektieren.«

»Was ist los?« sagte Samoilenko erstaunt.

»Wenn du kein Geld hast«, fuhr Lajewskij mit erhobener Stimme fort und trat aufgeregt von einem Fuß auf den andern, »dann gib es mir nicht, sag: Nein. Warum mußt du auf allen Gassen predigen, daß meine Lage hoffnungslos ist usw.? Diese Wohltaten und Freundschaftsdienste, bei denen man für einen Groschen gibt und für einen Taler redet, kann ich nicht ausstehen. Du kannst mit deinen Wohltaten prahlen, soviel du willst. Aber keiner hat dir das Recht gegeben, meine Geheimnisse auszuschwätzen.«

»Was für Geheimnisse?« fragte Samoilenko, ohne zu verstehen und in aufsteigendem Ärger, »wenn du gekommen bist, um dich zu zanken, dann geh' lieber, du kannst später wiederkommen, wenn du dich beruhigt hast.«

Ihm fiel die Regel ein: Wenn du dich über deinen Nächsten ärgerst, so zähle in Gedanken bis hundert, und du wirst dich beruhigen. Er begann schnell zu zählen.

»Ich bitte Sie, sich um mich nicht zu kümmern«, fuhr Lajewskij fort, »Sie brauchen mich gar nicht zu beachten. Meine Lebensweise geht keinen was an. Ja, ich will abreisen. Ja, ich mache Schulden, trinke, lebe mit einer fremden Frau, ich bin hysterisch, ich bin schlecht, ich bin nicht so geistreich, wie gewisse Leute, aber wen geht das was an? Achten Sie doch meine Persönlichkeit.«

»Entschuldige, lieber Freund«, sagte Samoilenko, der erst bis fünfunddreißig gezählt hatte; »aber –«

»Achten Sie doch meine Persönlichkeit«, unterbrach ihn Lajewskij, »dieses beständige Reden von fremden Angelegenheiten, diese Ohs und Achs, dies beständige Ausspüren, Aushorchen, dies freundschaftliche Mitgefühl – soll der Teufel holen. Wenn man mir Geld leiht, macht man mir Bedingungen, wie einem kleinen Jungen. Mich behandelt man, wie, weiß der Teufel, wen! Nichts verlang' ich von Ihnen!« schrie Lajewskij, der vor Aufregung schwankte und Furcht hatte, er würde wieder einer hysterischen Anfall bekommen. – ›Ich kann also Sonnabend nicht fahren‹, dämmerte es in seinem Kopf.

»Ich verlange von Ihnen nichts!« fuhr er fort, »ich bitte Sie nur, mich gefälligst von dieser Bevormundung zu befreien. Ich bin kein dummer Junge und kein Verrückter und verbitte mir diese Aufpasserei!«

Der Diakon trat ein und blieb wie angeschmiedet in der Tür stehen, als er Lajewskij erblickte, wie er bleich und hastig gestikulierend, an das Porträt des Fürsten Woronzow gewandt, seine Rede hielt.

»Dieses ewige Eindringen in mein Innenleben«, schloß Lajewskij, »beleidigt meine Menschenwürde, und ich ersuche die freiwilligen Schnüffler, ihre Spionage künftig zu unterlassen! Ich hab' genug davon!«

»Was hast du – was haben Sie gesagt?« fragte Samoilenko, der jetzt bis hundert gezählt hatte, mit rotem Kopf und trat auf Lajewskij zu.

»Ich hab' genug!« wiederholte Lajewskij, schwer atmend und griff nach seiner Mütze.

»Ich bin russischer Arzt, Edelmann und Staatsrat«, sagte Samoilenko langsam und deutlich, »Spion bin ich nie gewesen und erlaube niemand, mich zu beleidigen«, schrie er mit zitternder Stimme und legte den Ton auf das letzte Wort, »Mund halten!«

Der Diakon hatte den Doktor noch nie so majestätisch, aufgeblasen, rot und furchtbar gesehen. Er hielt sich den Mund zu, lief ins Entreezimmer und wälzte sich dort vor Lachen. Wie durch einen Nebel sah Lajewskij, daß Herr von Koren aufstand und sich, die Hände in den Hosentaschen, in einer Pose aufstellte, als warte er der Dinge, die da kommen sollten. Diese ruhige Pose erschien Lajewskij im höchsten Grade unverschämt und beleidigend.

»Nehmen Sie gefälligst zurück, was Sie da gesagt haben«, schrie Samoilenko.

Lajewskij wußte gar nicht mehr, was er gesagt hatte, und antwortete:

»Lassen Sie mich in Ruh'! Ich will gar nichts von Ihnen. Ich will nur, daß Sie und gewisse russifizierte deutsche Juden mich in Ruhe lassen. Sonst werde ich meine Maßregeln treffen, ich werde mich duellieren.«

»Jetzt versteht man doch«, sagte Herr von Koren und kam hinter dem Tisch hervor, »Herr Lajewskij wünscht vor der Abreise sich zu seinem Amüsement zu duellieren. Zu diesem Vergnügen kann ich ihm verhelfen. Herr Lajewskij, ich fordere Sie.«

»Eine Forderung?« zischte Lajewskij, trat auf den Zoologen zu und sah haßerfüllt auf seine dunkle Stirn und seine schwarzen Locken, »eine Forderung. Gut. Ich hasse Sie.«

»Sehr angenehm. Morgen ganz früh bei Kerbalais Wirtshaus. Alles nähere durchaus nach Ihrem Geschmack. Aber jetzt scheren Sie sich hinaus.«

»Ich hasse Sie«, sagte Lajewskij leise, »schon lange! Also ein Duell! Gut!«

»Wirf ihn hinaus, Alexander Dawidytsch, oder ich geh' fort«, sagte Herr von Koren, »sonst beißt er mich noch.«

Der ruhige Ton des Zoologen kühlte den Doktor ab, er kam gleichsam wieder zu sich und wurde vernünftig. Er umfaßte Lajewskij mit beiden

Armen, führte ihn von seinem Gegner fort und stammelte mit freundlicher, vor Erregung zitternder Stimme:

»Meine Freunde, ihr guten, lieben – ihr seid hitzig geworden, und es wird ... Es wird ... Meine Freunde.«

Als Lajewskij diese weiche, freundliche Stimme hörte, wurde ihm klar, daß soeben in seinem Leben etwas noch nicht Dagewesenes, Wunderbares geschehen war. Als wäre er beinahe von einem Eisenbahnzug überfahren worden. Er hielt kaum das Weinen zurück, winkte mit der Hand ab und lief aus dem Zimmer.

Bald darauf saß er im Pavillon. – ›Fremden Haß an sich zu erfahren und sich vor dem Menschen, der einen haßt, in der traurigsten, verächtlichsten, hilflosesten Weise benehmen, Herrgott, wie ist das schwer‹, dachte er und fühlte ein unangenehmes Prickeln am ganzen Körper von dem ausgestandenen Haß des Zoologen. – ›Wie roh ist das, Herrgott.‹

Ein Glas Eiswasser mit Kognak ermunterte ihn etwas. Klar trat ihm Herrn von Korens ruhiges, gemessenes Gesicht vor die Augen, sein Blick von gestern, das Hemd mit dem Teppichmuster, die Stimme, die weißen Hände. Und ein schwerer, leidenschaftlicher, hungriger Haß wühlte sich in seine Brust und forderte Befriedigung. In Gedanken warf er Herrn von Koren auf den Boden und trat ihn mit Füßen. Er erinnerte sich des Vorgefallenen in allen Einzelheiten und wunderte sich, wie er diesem nichtigen Menschen hatte ungezwungen zulächeln können. Wie hatte er überhaupt auf die Meinung so kleiner Menschen etwas geben können, die niemand kannten und die in solch einem elenden Städtchen lebten. Dieses Nest stand ja nicht einmal auf der Karte, und in Petersburg kannte es gewiß kein vernünftiger Mensch. Sollte es zusammenstürzen oder abbrennen, so würde man die Nachricht davon in Rußland mit derselben Gleichgültigkeit in der Zeitung lesen wie eine Annonce über den Verkauf gebrauchter Möbel. Ob er morgen diesen Herrn von Koren totschoß oder ihn leben ließ, war ja ganz egal. Beides war gleich zwecklos und uninteressant. Nein, er wollte ihn in den Arm, ins Bein schießen, ihn verwunden und nachher über ihn lachen. Wie ein Käfer, dem man ein Bein ausgerissen hat, sich im Gras verkriecht, so sollte er nachher mit seinem dumpfen Leiden in der Menge verschwinden, die ebenso nichtig war wie er.

Lajewskij ging zu Scheschkowskij, erzählte ihm die Geschichte und bat ihn, sein Sekundant zu sein. Dann begaben sich beide zum Vorstand des Post- und Telegraphenbureaus, baten auch ihn, Sekundant zu sein und blieben zum Mittagessen da. Während der Mahlzeit wurde viel gescherzt und gelacht. Lajewskij witzelte darüber, daß er vom Schießen kaum eine blasse Ahnung hätte, und nannte sich Schützenkönig und Wilhelm Tell.

»Man muß diesem Herrn die Flötentöne beibringen«, sagte er.

Nach dem Essen setzte man sich an den Kartentisch. Lajewskij spielte, trank Wein und dachte: ›So ein Duell ist doch ganz dumm und unvernünftig, es bringt ja keine Entscheidung der Frage, sondern schiebt sie nur hinaus. Aber in vielen Fällen ist es unvermeidlich. Ich kann Koren doch nicht verklagen. Und dieses Duell besonders hat noch das Gute, daß ich nachher bestimmt nicht mehr in der Stadt bleiben kann.‹

Er bekam allmählich einen leichten Rausch, zerstreute sich durch das Spiel und fühlte sich wohl.

Als aber die Sonne unterging und die Dunkelheit kam, wurde er unruhig. Es war keine Todesfurcht, denn während des Mittagessens und des Kartenspiels saß in ihm, Gott weiß warum, die feste Überzeugung, daß bei dem Duell nichts herauskommen würde. Es war die Furcht vor einem Etwas, das morgen früh zum erstenmal in seinem Leben geschehen mußte, und der Schrecken vor der kommenden Nacht. Er wußte es, diese Nacht würde lang und schlaflos sein. Er würde in ihr nicht nur an Herrn von Koren und seinen Haß denken, sondern auch an den Berg von Lüge, durch den er hindurch mußte; denn ihn zu umgehen, hatte er keine Kraft und wußte er keinen Weg. Es war, als wäre er plötzlich erkrankt. Er verlor jedes Interesse an den Karten und den Menschen, wurde unruhig und sagte, er wolle nach Hause. Er wollte sich möglichst bald ins Bett legen, sich nicht rühren und seine Gedanken auf die Nacht vorbereiten. Scheschkowskij und der Postbeamte begleiteten ihn, dann gingen sie zu Herrn von Koren, um wegen des Duells Verabredungen zu treffen.

Vor seiner Wohnung traf Lajewskij Atschmianow. Der junge Mann war erregt und außer Atem.

»Ich suchte Sie, Iwan Andrejitsch«, sagte er, »bitte, kommen Sie schnell –«

»Wohin?«

»Ein Herr, den Sie nicht kennen, möchte Sie in einer sehr wichtigen Angelegenheit sprechen. Er bittet Sie dringend, auf eine Minute zu ihm zu kommen. Er muß etwas mit Ihnen besprechen. Es ist für ihn eine wichtige Lebensfrage!«

In seiner Aufregung sprach er mit stark armenischem Akzent.

»Was ist denn das für ein Herr?« fragte Lajewskij.

»Er bat, seinen Namen nicht zu nennen.«

»Sagen Sie ihm, ich hätte keine Zeit. Morgen vielleicht –«

»Unmöglich«, sagte Atschmianow erschreckt, »die Sache ist auch für Sie sehr wichtig, sehr wichtig! Wenn Sie nicht kommen, geschieht ein Unglück.«

»Seltsam«, murmelte Lajewskij und begriff nicht, warum Atschmianow so erregt war und was für Geheimnisse es in diesem langweiligen, gänzlich überflüssigen Nest geben konnte, »seltsam«, wiederholte er nachdenklich, »übrigens, gehen wir meinetwegen. Mir ist's egal.«

Atschmianow ging schnell voran, er folgte. Sie gingen die Straße hinunter, dann durch eine Quergasse.

»Wie langweilig«, sagte Lajewskij.

»Gleich, gleich, es ist nicht weit.«

Am alten Wall durchschritten sie einen schmalen Durchgang zwischen zwei umzäunten Bauplätzen, dann begaben sie sich über einen großen Hof zu einem kleinen Häuschen.

»Das ist Mjuridows Haus, nicht wahr?« fragte Lajewskij.

»Ja.«

»Aber weshalb gehen wir durch diese Hinterhöfe? Das versteh' ich nicht. Auf der Straße ist's näher.«

»Macht nichts, macht nichts.«

Lajewskij fand es auch sonderbar, daß Atschmianow ihn zur Hintertür führte und ihm mit der Hand zuwinkte, als wollte er ihn auffordern, leise zu sein.

»Hierher, hierher«, sagte Atschmianow, öffnete behutsam die Tür und schlich sich auf den Zehen in den Flur, »leise, leise, ich bitte Sie. – Man könnte uns hören.«

Er horchte, atmete tief auf und flüsterte:

»Öffnen Sie diese Tür und gehen Sie hinein. Fürchten Sie nichts.«

Lajewskij öffnete zweifelnd die Tür und trat in ein Zimmer mit niedriger Decke und verhängten Fenstern. Auf dem Tisch brannte ein Licht.

»Wer da?« fragt jemand im Nebenzimmer, »bist du's, Mjuridow?«

Lajewskij wandte sich dorthin und erblickte Kirillin und neben ihm Nadeschda Fjodorowna.

Er hörte nicht, was man ihm sagte, ging hinaus und wußte nicht, wie er auf die Straße gekommen war. Der Haß gegen den Zoologen und die Unruhe, alles war aus seinem Geist verschwunden. Auf dem Nachhausewege fuchtelte er ungeschickt mit der rechten Hand in der Luft und schaute aufmerksam vor sich auf den Boden, um auf dem Trottoir zu bleiben. Zu Hause, in seinem Kabinett ging er rastlos ans einer Ecke in die andere und zuckte eckig mit Hals und Schultern, als wären ihm Rock und Hemd zu eng. Dann machte er Licht und setzte sich an den Tisch.

16.

Die Humanitären Wissenschaften, von denen Sie sprechen, werden erst dann den menschlichen Gedanken befriedigen, wenn sie in ihrer Entwicklung auf die exakten Wissenschaften stoßen und mit diesen zusammengehen. Ob sie sich unter dem Mikroskop, oder in den Dialogen eines neuen Hamlets begegnen, oder in einer neuen Religion, – weiß ich nicht, aber ich glaube, daß die Erde sich eher mit einer Eiskruste überzieht, als daß es dazu kommt. Die dauerhafteste und lebensfähigste von allen humanitären Disziplinen ist natürlich die Lehre Christi, aber schauen Sie nur, wie verschieden sie aufgefaßt wird! Die einen lehren, daß wir alle unsern Nächsten lieben sollen, nehmen aber dabei die Soldaten, Wahnsinnigen und Verbrecher aus. Es ist gestattet, die ersteren im Kriege zu töten, die Verbrecher zu isolieren oder hinzurichten, und den Wahnsinnigen verbietet man die Ehe. Die anderen sagen, daß wir alle Nächsten ohne Ausnahme lieben müssen, ohne Plus und Minus zu unterscheiden. Wenn also zu ihnen ein Schwindsüchtiger, oder Mörder, oder Epileptiker kommt und um ihre Tochter freit, so müssen Sie sie ihm nach dieser Lehre hergeben: wenn Kretins gegen physisch und geistig gesunde Menschen Krieg führen, so soll man ihnen den Nacken bieten. Diese Predigt der Liebe um der Liebe willen, wie der Kunst um der Kunst willen, würde, wenn sie die Kraft hätte, die Menschheit zum Aussterben bringen, und so würde das allergrößte Verbrechen geschehen, das je auf Erden verübt worden ist. Es gibt eben sehr viele Auslegungen, und da es ihrer viele gibt, so kann sich der ernsthafte Gedanke mit keinem von ihnen begnügen und beeilt sich, zu der Menge schon vorhandenen, auch seine eigene Auslegung hinzuzufügen. Darum dürfen

Sie niemals die Frage auf den philosophischen, wie Sie ihn nennen, oder sogenannten christlichen Boden stellen; auf diese Weise entfernen Sie sich nur von der Lösung der Frage.«

Der Diakon hörte den Zoologen aufmerksam an, überlegte eine Weile und fragte:

»Haben das sittliche Gesetz, das jedem der Menschen eigen ist, die Philosophen erfunden, oder ist es zugleich mit dem Körper von Gott geschaffen worden?«

»Das weiß ich nicht. Aber dieses Gesetz ist dermaßen allgemein für alle Völker und Zeiten, daß man, wie ich glaube, annehmen muß, es sei organisch mit dem Menschen verbunden. Es ist nicht erfunden, sondern es ist und wird immer sein. Ich will nicht sagen, daß man es einst unter dem Mikroskop sehen wird, aber seine organischen Zusammenhänge sind schon ganz offensichtlich bewiesen: schwere Gehirnkrankheiten und alle sogenannten Geisterkrankheiten äußern sich, soweit mir bekannt ist, zuallererst in einer Perversion des sittlichen Gesetzes.«

»Schön. Also ebenso wie der Magen nach Essen verlangt, so will das sittliche Gesetz, das wir unsere Nächsten lieben? Nicht wahr? Aber unsere körperliche Natur widerstrebt aus Eigenliebe der Stimme des Gewissens und der Vernunft, und daraus entstehen viele Fragen zum Kopfzerbrechen. An wen sollen wir uns nun mit diesen Fragen wenden, wenn Sie nicht wollen, daß man sie auf den philosophischen Boden stellt?«

»Wenden Sie sich an die wenigen exakten Wissenschaften, die wir haben. Vertrauen Sie sich der Augenscheinlichkeit und der Logik der Tatsachen an. Es ist allerdings recht dürftig, dafür aber nicht so schwankend und verschwommen wie die Philosophie. Nehmen wir an, das sittliche Gesetz verlangt, daß wir die Menschen lieben. Was heißt das? Die Liebe muß in der Beseitigung dessen bestehen, was den Menschen so oder anders schadet oder sie in Gegenwart oder Zukunft mit einer Gefahr bedroht. Unser Wissen und die Augenscheinlichkeit lehren, daß der Menschheit eine Gefahr seitens der sittlich und körperlich anormalen Menschen droht. Wenn dem so ist, so müssen Sie gegen die Anormalen kämpfen. Wenn Sie nicht die Kraft haben, sie zur Norm emporzuheben, so müssen Sie Kraft und Fähigkeit haben, sie unschädlich zu machen, d. h. zu vernichten.«

»Die Liebe besteht also darin, daß der Starke den Schwachen besiegt?«

»Gewiß!«

»Die Starken haben aber unsern Herrn und Heiland Jesum Christum gekreuzigt!« sagte der Diakon mit großem Feuer.

»Das ist es ja eben: gekreuzigt haben ihn nicht die Starken, sondern die Schwachen. Die Menschenkultur hat den Kampf ums Dasein und die natürliche Auslese geschwächt und will sie auf Null reduzieren; daher die schnelle Vermehrung der Schwachen und ihre Vorherrschaft über die Starken. Stellen Sie sich vor, daß es Ihnen gelungen ist, den Bienen die humanen Ideen in ihrer rohen, rudimentären Form beizubringen. Was geschieht? Die Drohnen, die man töten muß, bleiben am Leben, fressen den Honig auf, verderben und bedrängen die Arbeitsbienen. Und das Resultat ist die Vorherrschaft der Schwachen über die Starken und die Entartung der letzteren. Dasselbe geschieht jetzt mit der Menschheit: die Schwachen unterdrücken die Starken. Bei den Wilden, die von der Kultur noch unberührt sind, schreitet der Stärkste, Weiseste und Sittlichste als Führer und Herrscher an der Spitze. Und wir, die wir eine Kultur haben, haben Christum gekreuzigt und kreuzigen ihn alle Tage. Also stimmt bei uns etwas nicht ... Dieses ›etwas‹ müssen wir also in Ordnung bringen, sonst hören alle die Mißverständnisse niemals auf.«

»Was für ein Kriterium haben Sie aber zur Unterscheidung der Starken und der Schwachen?«

»Das Wissen und die Augenscheinlichkeit. Man erkennt die Tuberkulösen und Skrophulösen an ihren Krankheiten, die Unsittlichen und Wahnsinnigen aber an ihren Handlungen.«

»Es sind aber dabei Fehler möglich!«

»Gewiß, man darf aber nicht Angst haben, sich die Füße naß zu machen, wenn die Sintflut droht.«

»Das ist ja Philosophie!« bemerkte lachend der Diakon.

»Durchaus nicht. Sie sind durch Ihre Seminarphilosophie dermaßen verdorben, daß Sie in allen Dingen einen Nebel sehen wollen. Die abstrakten Wissenschaften, mit denen Ihr junger Kopf angefüllt ist, heißen ja darum abstrakt, weil sie ihren Geist von der Augenscheinlichkeit abstrahieren. Schauen Sie doch dem Teufel gerade ins Gesicht, und wenn er ein Teufel ist, so sagen Sie offen, daß er ein Teufel ist, und gehen Sie nicht zu Kant und Hegel, um Aufklärungen zu verlangen.«

Der Zoolog schwieg eine Weile und fuhr dann fort:

»Zweimal zwei ist vier, ein Stein ist ein Stein. Morgen hab' ich ein Duell. Wir beide werden natürlich sagen, daß das dumm und abgeschmackt ist, daß das Duell sich überlebt hat, daß das aristokratische Duell sich in seinem Wesen durchaus nicht von der besoffenen Prügelei in der Kneipe unterscheidet. Aber dennoch machen wir nicht Halt, wir fahren hinaus und duellieren uns. Es gibt also eine Kraft, die stärker ist als unsere Überlegungen. Wir schreien: der Krieg ist Räuberei, Barbarei, Schrecken, Brudermord, wir fallen in Ohnmacht, wenn wir Blut sehen. Aber die Franzosen oder die Deutschen sollen uns nur mal beleidigen, sofort fühlen wir einen Zuwachs an Mut, schreien aufs aufrichtigste Hurra und stürzen uns auf den Feind, Sie werden den Segen Gottes auf unsere Waffen herabrufen, und unser Sieg wird allgemeinen und dabei aufrichtigen Jubel hervorrufen. Also abermals eine Kraft, die höher ist als wir und unsere Philosophie. Wir können sie ebensowenig aufhalten, wie jene Wolke, die dort über dem Meer aufsteigt. Heucheln Sie nicht, machen Sie ihr keine Faust im Sack und sagen Sie nicht: ›Ach wie dumm, immer dasselbe, ihre Gestalt gefällt mir nicht!‹ – Sehen Sie ihr fest in die Augen, erkennen Sie ihre vernünftige Gesetzmäßigkeit an. Und wenn sie z. B. ein hinfälliges, skrophulöses, entartetes Geschlecht vernichten will, so stören Sie sie nicht mit Ihren Pillen und Ihren mißverstandenen Zitaten aus dem Evangelium. Bei Ljeskow kommt ein gewissenhafter Daniel vor, der vor der Stadt einen Aussätzigen findet und ihn speist und unter sein Dach nimmt im Namen der Liebe und des Heilands. Hätte dieser Daniel die Menschen wirklich geliebt, er hätte den Aussätzigen weiter von der Stadt weggeschleppt und ihn in den Abgrund geworfen und wäre hingegangen und hätte den Gesunden gedient. Christus hat uns, hoff' ich, eine vernünftige, überlegte und nützliche Liebe gelehrt.«

»Was Sie für einer sind!« lachte der Diakon, »Sie glauben ja doch nicht an Christus, warum führen Sie ihn soviel im Munde?«

»Nein, ich glaube an ihn. Aber natürlich nicht auf Ihre Art, sondern auf meine. Ach, Diakon, Diakon!« lachte der Zoolog, faßte den Diakon um die Taille und sagte lustig: »Nun, wie ist's? Fahren Sie morgen mit zum Duell?«

»Mein Amt erlaubt es nicht. Sonst käm' ich mit.«

»Was heißt das: Ihr Amt?«

»Ich bin geweiht. Gottes Segen ruht auf mir.«

»Ach, Diakon, Diakon«, wiederholte Herr von Koren lachend, »ich plaudere zu gern mit Ihnen.«

»Sie sagen, Sie wären gläubig«, sagte der Diakon, »was ist das für ein Glaube? Sehen Sie, ich hab' einen Onkel, einen alten Popen, der hat einen starken Glauben. Wenn er eine Prozession ins Feld führt, um Regen zu bitten, dann nimmt er Regenschirm und Ledermantel mit, um auf dem Heimweg nicht naß zu werden. Das nenn' ich Glauben! Wenn er von Christus spricht, geht ein Leuchten von ihm, und die Bauern und Weiber weinen laut. Er würde auch diese Wolke zum Stehen bringen und all die Kräfte, von denen Sie reden, in die Flucht schlagen. Jawohl, der Glaube versetzt Berge.«

Der Diakon lachte und klopfte den Zoologen auf die Schulter.

»Ja, ja«, fuhr er fort, »Sie studieren alles, erforschen die Tiefen des Meeres, teilen die Menschen in Starke und Schwache, schreiben Bücher und fordern Leute zum Duell, aber es bleibt alles beim Alten. Aber sehen Sie, es braucht nur ein schwächlicher Greis voll des heiligen Geistes ein einziges Wörtlein zu flüstern oder ein neuer Mohammed mit dem Schwert aus Arabien herangesprengt zu kommen, und alles fliegt im Wirbel in die Luft, und kein Stein in Europa bleibt auf dem anderen.«

»Na, das weiß man noch nicht, Diakon!«

»Der Glaube ohne Taten ist tot, und Taten ohne Glauben sind noch schlimmer: nichts als Zeitverlust.«

Am Strande erschien der Doktor. Er erblickte den Diakon und den Zoologen, ging auf sie zu und sagte atemlos:

»Alles in Ordnung, glaub' ich. Deine Sekundanten sind Goworowskij und Boiko. Zusammenkunft morgen um fünf Uhr. – Der Himmel hat sich bezogen«, er blickte nach oben, »es ist ja ganz dunkel. Gleich regnet's.«

»Du fährst doch hoffentlich mit?« fragte Herr von Koren.

»Gott soll mich bewahren, ich habe schon so genug Plackerei davon gehabt. Statt meiner fährt Ustimowitsch. Ich hab' schon mit ihm gesprochen.«

Weit hinten über dem Meer zuckte ein Blitz, und das dumpfe Rollen des Donners dröhnte.

»Wie schwül ist's vor dem Gewitter«, sagte Herr von Koren, »ich wette übrigens, du warst bei Lajewskij und hast dich an seiner Brust ausgeweint.«

»Warum sollte ich zu ihm gehen?« sagte der Doktor und wurde verlegen, »das fehlte mir gerade.«

Vor Sonnenuntergang war er mehrere Male durch den Boulevard und die Straße geschlendert in der Hoffnung, Lajewskij zu treffen. Er schämte sich seines Aufbrausens und des plötzlichen Ausbruches von Gutmütigkeit, der diesem Aufbrausen gefolgt war. Er wollte sich bei Lajewskij in scherzhaftem Ton entschuldigen, ihm ein wenig den Text lesen, ihn beruhigen und ihm sagen, das Duell wäre ein Überrest mittelalterlicher Barbarei, in diesem Fall aber hätte die Vorsehung selbst auf das Duell als auf ein Mittel der Versöhnung hingewiesen. Morgen würden sie beide, zwei so reizende, hochbegabte Männer, nachdem die Schüsse gewechselt, den gegenseitigen Edelmut schätzen lernen und Freunde werden. Aber er hatte Lajeweskij nicht getroffen.

»Warum sollte ich zu ihm gehen?« wiederholte Samoilenko. »Ich habe ihn doch nicht beleidigt, sondern er mich. Sag' mir doch, bitte, warum er mich so anfiel. Ich hab' ihm doch nichts getan. Ich komm' ins Wohnzimmer und plötzlich, mir nichts dir nichts, krieg' ich einen Spion an den Kopf. Haft du nicht gesehen! Sag' mal, womit hat die Geschichte angefangen? Was hattest du zu ihm gesagt?«

»Ich hatte ihm gesagt, seine Lage wäre hoffnungslos. Und ich hatte recht. Nur ehrliche Menschen und Spitzbuben finden einen Ausweg aus jeder Lage. Wer beides zugleich sein will, für den gibt's keinen Ausweg. Übrigens, meine Herren, es ist elf Uhr. Und morgen heißt's früh aufstehen.«

Plötzlich erhob sich ein Wind, er wirbelte den Sand am Meer empor, heulte los und überschrie das Rauschen der Brandung.

»Sturm«, sagte der Diakon, »man muß nach Hause, sonst kriegt man die ganzen Augen voll Sand.«

Als sie gingen, seufzte Samoilenko und sagte, seine Mütze festhaltend: »Ich glaube, heute Nacht schlaf' ich nicht.«

»Reg' dich nur nicht auf«, lachte der Zoolog, »du kannst ganz ruhig sein, es kommt nichts heraus bei dem Duell. Lajewskij wird großmütig in die Luft knallen, er kann ja nicht anders. Und ich werde wahrscheinlich überhaupt nicht schießen. Lajewskijs wegen vor Gericht kommen, Zeit verlieren – das ist die Sache nicht wert. Apropos, was für eine Strafe steht auf Zweikampf?«

»Arrest, und wenn der Gegner fällt, Festungshaft bis zu drei Jahren.«

»In der Peter-Paulsfestung?«

»Nein, ich glaube in einer richtigen Militärfestung.«

»Eigentlich sollte man diesem Burschen doch einen Denkzettel geben.«

Hinten über dem Meere leuchtete ein Blitz auf und erhellte auf einen Augenblick die Dächer und die Berge. Auf dem Boulevard trennten sich die Freunde. Als der Doktor im Dunkel verschwunden war und seine Schritte schon verhallten, schrie Herr von Koren ihm nach:
»Wenn uns das Wetter morgen nur nicht stört.«
»Was sagst du? Gott geb es!«
»Gute Nacht.«
»Was? Nacht? Was sagst du?«
Im Tosen des Windes, im Rauschen des Meeres und Prasseln des Donners war es schwer, etwas zu verstehen.
»Nichts«, rief der Zoolog und ging eiligst nach Hause.

17.

– – ich hör' im Herzen, schmerzdurchbebt,
Viel irre Nachtgedanken reden;
Vor meinem trüben Blick in tiefem Schweigen webt
Erinn'rung ihre langen Fäden.

Voll Widerwillen les' ich meines Lebens Buch
Und fühl' mich jäh vor Furcht erbleichen,
Doch keine Klage, keine Träne und kein Fluch
Kann eine einz'ge Zeile streichen.

Puschkin

Ob er morgen früh fiel oder ausgelacht wurde, das heißt am Leben blieb, – er war in jedem Fall zugrunde gerichtet. Und ob dies lasterhafte Weib aus Verzweiflung und Scham seinem Leben ein Ende machte oder seine traurige Existenz weiterschleppte, sie war in jedem Fall zugrunde gegangen.

So dachte Lajewskij, als er spät abends an seinem Tisch saß. Plötzlich sprang klappernd das Fenster auf, ein starker Windstoß fuhr ins Zimmer, und die Papiere flogen vom Tisch. Lajewskij schloß das Fenster und bückte sich, sie aufzuheben. Dabei spürte er an seinem Körper etwas Neues, eine Ungewandtheit, die er früher nicht bemerkt hatte, und seine Bewegungen kamen ihm fremd vor. Sein Körper hatte die Biegsamkeit verloren.

Am Vorabend seines Todes muß man seinen Lieben schreiben, fiel Lajewskij ein. Er nahm die Feder und schrieb in zitterigen Zügen:

»Geliebte Mutter!«

Er wollte seine Mutter bitten, im Namen des barmherzigen Gottes, an den er glaubte, der unglücklichen, von ihm entehrten Frau eine Heimstatt zu bereiten und ihr wärmende Freundlichkeit zu bieten. Durch ihr Opfer sollte sie die schreckliche Sünde des Sohnes an dem armen, einsamen, schwachen Wesen wenigstens zum Teil sühnen. Aber dann stellte er sich seine Mutter vor, wie die korpulente, gewichtige alte Dame in ihrer Spitzenhaube morgens in den Garten hinaustrat, gefolgt von der Gesellschafterin mit dem Bologneserhündchen. Er dachte daran, wie befehlshaberisch sie mit dem Gärtner und den Dienstboten zankte, wie stolz und gemessen ihr Gesicht war – und er durchstrich die Worte, die er geschrieben.

Alle drei Fenster erleuchtete plötzlich ein greller Blitz, und gleich darauf dröhnte ein betäubender, rollender Donnerschlag, anfangs dumpf, dann krachend und prasselnd. Die Scheiben klirrten davon. Lajewskij stand auf, ging ans Fenster und lehnte die Stirn an die Scheibe. Draußen raste ein starkes, schönes Gewitter. Am Horizont fuhren ununterbrochen die Blitze wie weiße Bänder aus den Wolken ins Meer und erleuchteten weithin die schwarzen Wellen. Und rechts und links und wahrscheinlich auch über dem Haus leuchteten Blitze.

»Gewitter«, flüsterte Lajewskij. Er hatte den Wunsch zu beten, wenn auch nur zum Blitz oder zu den Wolken. »Schönes Gewitter!«

Er erinnerte sich, wie er einst als Kind bei einem Gewitter mit unbedecktem Kopf in den Garten gelaufen war und hinter ihm her zwei kleine weißblonde Mädchen mit blauen Augen, und wie sie der Regen durchnäßt hatte. Sie hatten laut gelacht vor Freude, beim ersten prasselnden Donnerschlag, hatten sich aber zutraulich an ihn geschmiegt, und er hatte ein Kreuz geschlagen und hastig gebetet: »Heilig, heilig, heilig –« Wohin seid ihr gegangen, in welches Meer seid ihr versunken, ihr Keime eines schönen, reinen Lebens? Jetzt fürchtete er sich nicht mehr vor dem Gewitter, er liebte die Natur nicht mehr und glaubte nicht an Gott. Und alle zutraulichen Mädchen hatte er verdorben, er und seine Kameraden. Im Garten seines Lebens hatte er nicht einen Baum gepflanzt, kein Gräschen war dort entsprossen. Unter Lebenden hatte er gelebt und keine Fliege gerettet, nur zerstört hatte er, vernichtet und gelogen, gelogen ...

›Welche Stunde in meiner Vergangenheit ist nicht voll Sünde?‹ fragte er sich, und suchte nach einer hellen Erinnerung, um sich daran zu klammern wie ein Ertrinkender an einen Strohhalm.

Das Gymnasium? Die Universität? Das war ein Betrug. Er hatte nicht gearbeitet und das vergessen, was man ihn gelehrt hatte. Sein Staatsdienst? Auch das war Betrug. Er hatte seine Pflicht nicht erfüllt und seine Gage umsonst bezogen. Sein Dienst war weiter nichts, als ein gemeiner Diebstahl an der Staatskasse, für den man nicht eingesperrt werden konnte.

Die Wahrheit hatte er nicht gebraucht und nicht gesucht. Sein Gewissen war bezaubert gewesen von Laster und Lüge und hatte geschlafen und geschwiegen. Wie ein Fremdling von einem andern Planeten hatte er mit den Menschen gelebt, gleichgültig gegen ihre Leiden, Ideen, Religionen, Wissenschaften, Forschungen, Kämpfe. Er hatte keinem ein gutes Wort gesagt, keine Zeile geschrieben. Er hatte den Menschen für keinen Pfennig gedient, sondern nur ihr Brot gegessen, ihren Wein getrunken, ihre Frauen verführt, von ihren Gedanken gelebt. Um sein verächtliches Parasitenleben vor ihnen und sich selbst zu rechtfertigen, hatte er immer versucht, sich den Anschein zu geben, als wäre er edler und besser als sie. Lüge, Lüge, Lüge ...

Klar erinnerte er sich dessen, was er heute in Mjuridows Haus gesehen, und er fühlte sich unerträglich elend vor Ekel und Kummer. Kirillin und Atschmianow waren widerlich, aber sie hatten nur fortgesetzt, was er begonnen, sie waren seine Helfershelfer und Schüler. Einem jungen, schwachen Weibe, das ihm mehr vertraute als einem Bruder, hatte er Mann, Freundschaft und Heimat geraubt. Er hatte sie hierhergebracht in Hitze, Fieber und Langeweile. Tag für Tag mußte sie wie ein Spiegel seine Trägheit, Lasterhaftigkeit und Verlogenheit in sich aufnehmen. Davon war ihr ganzes Leben ausgefüllt worden. Dann hatte er sie satt bekommen, sie aber nicht verlassen, sondern fester und fester mit Lüge umstrickt. Atschmianow und Kirillin hatten das Werk vollendet.

Lajewskij setzte sich bald an den Tisch, bald ging er wieder ans Fenster; bald löschte er das Licht, bald zündete er es aufs neue an. Er verfluchte sich laut, weinte, klagte, flehte um Verzeihung. Mehrmals lief er verzweifelt zum Tisch und schrieb:

»Geliebte Mutter!«

Außer seiner Mutter hatte er keine Verwandten und Freunde. Aber wie konnte die Mutter ihm helfen? Und wo war sie? Er wollte zu Nadeschda Fjodorowna gehen, ihr zu Füßen fallen, ihr Hände und Füße küssen, sie um Verzeihung bitten. Aber sie war sein Opfer, und er fürchtete sich vor ihr wie vor einer Leiche.

»Mein Leben ist verdorben«, flüsterte er, »Herrgott, wozu leb' ich noch?«

Er stieß seinen bleichen Stern vom Himmel. Der stürzte nieder, und seine Spur verschwand im nächtlichen Dunkel. Er würde nie wieder an den Himmel zurückkehren, denn das Leben wird uns nur einmal geschenkt und wiederholt sich nicht. Ja, wenn er die vergangenen Tage und Jahre zurückrufen könnte, er würde ihre Lügen in Wahrheit wandeln, ihre Trägheit in Arbeit, ihre Langeweile in Freude. Wem er die Reinheit geraubt hatte, dem würde er sie wiedergeben, und er würde einen Gott finden und eine Gerechtigkeit. Aber wie man einen gefallenen Stern nie wieder an den Himmel heften kann, so unmöglich war auch dies. Und weil es unmöglich war, verzweifelte er.

Als das Gewitter vorüber war, saß er am offenen Fenster und dachte ruhig an das, was ihm bevorstand. Herr von Koren würde ihn wahrscheinlich erschießen. Die klare, kalte Weltanschauung dieses Menschen gestattete die Vernichtung der Schlechten und Unnützen. Und sollte sie ihm im entscheidenden Augenblick nicht treu bleiben, so würden der Haß und der Ekel, die Lajewskij in ihm erregte, nachhelfen. Sollte er aber fehlen oder ihn nur verwunden oder in die Luft schießen, um sich über den verhaßten Gegner lustig zu machen, was dann? Wohin sollte er dann?

Nach Petersburg? fragte Lajewskij. Aber das hieße, das alte Leben aufs neue beginnen, dies Leben, das er verfluchte. Wer das Heil in anderen Ländern sucht, ist auf einem Irrweg. Die Erde ist überall gleich. Oder sollte er das Heil bei den Menschen suchen? Nein, auch das nicht. Samoilenkos Güte und Großmut konnten ihm ebensowenig helfen, wie die Spottsucht des Diakons oder der Haß des Zoologen. Das Heil darf man nur in sich selbst suchen, und wenn man es da nicht findet, muß man ein Ende machen mit sich ...

Er hörte das Rasseln eines Wagens. Es dämmerte schon. Der nasse Sand knirschte unter den Rädern. Dann hielt der Wagen vor der Tür. Zwei Leute saßen darin.

»Einen Augenblick, sofort«, sagte Lajewskij, »ich schlafe nicht mehr. Ist es schon Zeit?«

»Ja, es ist vier. Bis wir draußen sind –«

Lajewskij zog den Mantel an und nahm die Mütze. Dann steckte er Zigaretten zu sich und blieb nachdenklich stehen. Ihm war, als hätte er etwas vergessen. Draußen unterhielten sich die Sekundanten halblaut und schnaubten die Pferde, und diese Laute am frühen Morgen, wo alles noch schlief und der Himmel kaum dämmerte, erfüllten Lajewskijs Seele mit Trauer, gleich einer bösen Vorahnung. Einen Augenblick noch stand er sinnend da, dann ging er ins Schlafzimmer.

Nadeschda Fjodorowna lag in ihrem Bett, lang ausgestreckt, den Plaid über den Kopf gezogen. Sie rührte sich nicht und sah mit dem verhüllten Kopf wie eine ägyptische Mumie aus. Lajewskij blickte sie voll Kummer an, bat sie in Gedanken um Verzeihung und dachte: ›Wenn der Himmel nicht leer ist und dort wirklich ein Gott lebt, wird er sie beschützen; gibt es aber keinen Gott, so möge sie zugrunde gehen, ihr Leben hat keinen Zweck.‹

Sie zuckte plötzlich zusammen und setzte sich im Bett auf. Dann erhob sie ihr bleiches Gesicht, sah Lajewskij voll Schrecken an und fragte:

»Bist du's? Ist das Gewitter vorbei?«

»Ja.«

Sie besann sich, preßte das Gesicht in beide Hände und erzitterte am ganzen Körper.

»Wie entsetzlich mir ist«, stieß sie hervor, »ach wüßtest du, wie entsetzlich mir ist. Ich habe erwartet«, fuhr sie blinzelnd fort, »du würdest mich totschlagen oder aus dem Haus jagen in Regen und Gewitter. Aber du zögerst, zögerst –«

Er umarmte sie fest und überschüttete ihre Knie und Hände mit Küssen. Dann, als sie etwas flüsterte und in der Erinnerung erzitterte, streichelte er ihr Haar, schaute lange in ihr Gesicht und begriff, daß dieses unglückliche, lasterhafte Weib für ihn der einzige Freund, der einzige Verwandte, der einzige unersetzliche Mensch war.

Als er aus der Tür trat und in den Wagen stieg, hatte er den Wunsch, lebend heimzukehren.

18.

Der Diakon stand auf, zog sich an, nahm seinen dicken Knotenstock und verließ leise das Haus. Es war dunkel, und der Diakon sah in den ersten Minuten nicht einmal seinen weißen Stock. Am Himmel war kein Stern, und es sah wieder nach Regen aus. Es roch nach nassem Sand und Meerwasser.

›Wenn mich nur nicht die Tschetschenzen überfallen‹, dachte der Pfarrer und horchte, wie sein Stock aufs Pflaster schlug und wie hell und einsam dieser Laut durch die nächtliche Stille klang.

Als er aus der Stadt heraus war, begann er den Weg und seinen Stock zu unterscheiden. Am schwarzen Himmel zeigten sich trübe Flecke, und bald schaute ein Stern hervor und blinzelte schüchtern mit seinem einzigen Auge. Der Diakon ging auf dem hohen Felsufer und konnte das Meer nicht sehen. Es wogte unten, und die unsichtbaren Wellen brachen sich langsam und schwer am Ufer und seufzten gleichsam. Und wie langsam ging das. Eine Welle brach sich, dann konnte der Diakon acht Schritte zählen, bis sich die zweite brach, nach sechs Schritten die dritte. So war nichts zu sehen gewesen, und in der Dunkelheit hatte nur das langsame, schläfrige Rauschen des Meeres getönt, als der Geist Gottes über dem Chaos schwebte.

Dem Diakon wurde unbehaglich zumute. Er dachte daran, Gott könnte ihn vielleicht dafür bestrafen, daß er mit Ungläubigen Kameradschaft pflegte und sogar hinging, ihr Duell anzusehen. Das Duell würde eine Spielerei sein, unblutig und lächerlich, aber trotzdem war es ein heidnisches Schauspiel, und ihm beizuwohnen war durchaus unziemlich für einen Geistlichen. Er blieb stehen und überlegte: Sollte ich nicht lieber umkehren? Aber eine starke, unruhige Neugier besiegte seine Zweifel, und er ging weiter.

Wenn sie auch nicht gläubig sind, sie sind doch gute Menschen und werden gerettet werden, beruhigte er sich. – »Sicher werden sie gerettet werden«, sagte er laut und brannte eine Zigarette an.

Mit welchem Maß muß man die Leute messen, um gerecht zu urteilen? Der Diakon dachte an seinen Feind, den Inspektor der geistlichen Schule. Der glaubte an Gott und duellierte sich nicht und lebte in Keuschheit. Aber er hatte den Diakon mit sandigem Brot gefüttert und ihm einmal beinahe das Ohr abgerissen. Also war das menschliche Leben so dumm eingerichtet, daß dieser hartherzige, unredliche Inspektor, der dem Staat das Mehl stahl, von allen geachtet wurde, daß alle in der Schule für seine Gesundheit und sein Heil beteten. War es da gerecht, sich von Leuten wie Herrn von Koren und Lajewskij nur deshalb fernzuhalten, weil sie nicht gläubig waren? Der Diakon begann diese Frage zu erwägen, aber ihm fiel plötzlich ein, wie komisch Samoilenko gestern ausgesehen hatte, und das zerriß den Fluß seiner Gedanken. Wie viel würde man morgen lachen. Der Diakon malte sich aus, wie er sich hinter einen Busch ducken und zusehen wollte. Und wenn Herr von Koren beim Mittagessen anfangen würde zu renommieren, wollte er, der Diakon, ihm lachend alle Einzelheiten des Duells erzählen.

»Woher wissen Sie das alles?« würde der Zoolog fragen.

»Ja, das ist eine Geschichte. Ich hab' zu Hause gesessen und weiß doch alles.«

Das mußte famos sein, ein Duell humoristisch zu schildern. Sein Schwiegervater würde es lesen und lachen. Der hatte nichts lieber, als wenn man ihm etwas Komisches schrieb.

Das Tal des Gelben Baches öffnete sich vor ihm. Der Bach war vom Regen breiter und wilder geworden und rauschte nicht mehr wie früher, sondern brüllte. Es fing an hell zu werden. Der graue, trübe Morgen, die Wolken, die gen Westen jagten, um die Gewitterwolke einzuholen, die nebelumgürteten Berge, die nassen Bäume – alles schien dem Diakon häßlich und zornig. Er wusch sich im Bach, sprach sein Morgengebet und verspürte Sehnsucht nach Tee und heißen Semmeln mit Sahne, die es bei seinem Schwiegervater jeden Morgen gab. Er dachte an seine Frau und den Walzer, den sie auf dem Klavier spielte. Was war sie für eine Frau? Der Diakon war mit ihr bekannt gemacht, verlobt und verheiratet worden im Lauf einer Woche, und hatte nicht ganz einen Monat mit ihr zusammen gelebt, dann war er hierher kommandiert worden, so daß er bis jetzt noch nicht einmal wußte, was für eine Art Mensch sie war. Aber doch war's ohne sie langweilig.

›Ich muß ihr mal schreiben‹, dachte er.

Die Flagge auf dem Wirtshaus hing regennaß und schlaff herab, und das Haus selbst schien mit dem nassen Dach niedriger und dunkler als sonst. Vor der Tür stand ein Eselskarren; Kerbalai, zwei Abchasen und eine junge Tatarin in Pluderhosen, wohl die Frau oder die Tochter Kerbalais, trugen mit etwas angefüllte Säcke heraus und legten sie in den Karren auf das Maisstroh. Vorne standen zwei Esel mit gesenkten Köpfen. Als sie die Säcke verstaut hatten, begann die Abchasen und die Tatarin sie oben mit Stroh zuzudecken, und Kerbalai spannte hastig die Esel an.

›Es wird wohl Kontrebande sein‹, dachte sich der Diakon.

Und da war ja auch schon die umgestürzte Fichte mit den gelben Nadeln und der schwarze Fleck auf dem Boden, vom Feuer damals. Ihm fiel wieder das Picknick mit allen Einzelheiten ein, das Feuer, das Singen der Abchasen, die süßen Träume vom Erzbistum und von der Prozession. Der schwarze Bach war vom Regen schwärzer und breiter geworden. Der Diakon balancierte vorsichtig über das primitive Brückchen, das schon von den schmutzigen Wellen bespült wurde, und kletterte die Leiter empor in die Scheune.

›Ein vorzüglicher Kopf, dieser Herr von Koren‹, dachte er und reckte sich auf dem Stroh. ›Ein vorzüglicher Kopf, Gott schenk ihm Gesundheit. Nur eine gewisse Härte hat er.‹

Warum haßten er und Lajewskij sich gegenseitig? Warum würden sie sich duellieren? Wenn sie von Kind auf solche Not gekannt hätten wie der Diakon, wenn sie aufgewachsen wären unter ungebildeten Leuten, die hartherzig waren, sich um ihr bißchen Lebensunterhalt beneideten, sich gegenseitig ihr Stückchen Brot zum Vorwurf machten, sich grob und ungeschliffen betrugen, auf die Diele spuckten und während des Essens und des Gebetes rülpsten, wenn die beiden Duellanten nicht von klein auf verwöhnt gewesen wären durch gute Lebensverhältnisse und einen gewählten Bekanntenkreis, so hätten sie sich einander angepaßt, sich gegenseitig ihre Fehler verziehen und das Gute, das sie hatten, geschätzt. Es gab doch in der Welt so wenig Leute, die auch nur äußerlich einen anständigen Eindruck machten. Lajewskij ist allerdings ein toller, ausgelassener und merkwürdiger Kerl, aber er wird doch nichts stehlen, wird nicht laut auf den Boden spucken, wird seiner Frau nicht vorwerfen: »Fressen kannst du wohl, aber arbeiten willst du nicht!«, wird weder sein Kind mit einer Pferdeleine prügeln, noch seine Dienstboten mit stinkendem Fleisch füttern, – genügt denn das alles noch nicht, um nachsichtig gegen ihn zu sein? Außerdem schmerzen ihn doch selbst seine Fehler, wie den Kranken die Wunden. Statt aus Langeweile oder infolge eines Mißverständnisses aneinander Entartung, Vererbung usw. zu suchen, wäre doch wahrlich gescheiter, seinen Haß und Zorn dorthin zu richten, wo ganze Stadtteile vor Roheit, Gier, Flüchen, Schmutz, Geschimpfe und Weibergekreisch stöhnen ...

Jetzt ertönte das Rasseln eines Wagens und unterbrach den Gedankenfluß des Diakons. Er schaute durch die Tür und sah eine Kutsche, darin saßen Lajewskij, Scheschkowskij und der Vorstand des Post- und Telegraphenbureaus.

»Stopp«, rief Scheschkowskij.

Die drei stiegen aus dem Wagen und schauten sich an.

»Sie sind noch nicht da«, sagte Scheschkowskij und wischte den Schmutz von seinem Mantel, »was meinen Sie? Bis es soweit ist, suchen wir einen geeigneten Platz, hier kann man sich ja nicht umdrehen.«

Sie gingen weiter den Bach hinauf und waren bald nicht mehr zu sehen. Der tatarische Kutscher setzte sich in den Wagen, neigte den Kopf auf die Schulter und schlief ein. Zehn Minuten wartete der Diakon noch, dann verließ er die Scheune, nahm den schwarzen Hut ab, um nicht bemerkt zu werden, und begann, sich geduckt und ängstlich umschauend, durch Gebüsch und Maisfelder am Ufer entlang zu schleichen. Die Bäume und Sträucher schüttelten große Tropfen über ihn, Gras und Mais waren naß.

»Eine Schweinerei!« brummte er und hob sein feuchtes und schmutziges Gewand empor, »hätte ich das gewußt, wäre ich nicht hergekommen.«

Bald hörte er Stimmen und erblickte Leute. Lajewskij hatte die Hände in die Ärmel zurückgezogen und ging gebückt und eilig auf einer kleinen Lichtung auf und ab. Seine Sekundanten standen direkt am Ufer und drehten sich Zigaretten.

›Merkwürdig‹, dachte der Diakon, dem Lajewskijs Art sich zu bewegen fremd vorkam. – ›Als ob er ein alter Mann wäre.‹

»Wie unhöflich ist das von ihnen«, sagte der Postbeamte und sah nach der Uhr, »vielleicht soll es vornehm sein, zu spät zu kommen. Nach meiner Ansicht aber ist es eine Schweinerei.«

Scheschkowskij, ein dicker Mensch mit schwarzem Bart, horchte hinaus und sagte:

»Sie kommen.«

19.

Herr von Koren trat auf die Lichtung. Er wies mit beiden Händen gen Osten und sagte:

»Wie schön, zum erstenmal in meinem Leben seh ich es. Grüne Strahlen!«

Im Osten schossen hinter den Bergen zwei grüne Lichtstrahlen empor. Es war wirklich schön. Die Sonne ging auf.

»Guten Morgen«, fuhr der Zoolog fort und nickte Lajewskijs Sekundanten zu, »ich hab' mich doch nicht verspätet?«

Ihm folgten seine Sekundanten, Boiko und Goworowskij, zwei sehr junge, gleich große Offiziere in weißen Interimsröcken, und der hagere, zugeknöpfte Doktor Ustimowitsch. Dieser trug in der rechten Hand ein Etui, die Linke, in der er den Spazierstock trug, hatte er nach seiner Gewohnheit auf dem Rücken. Als er das Etui, ohne irgend jemand zu begrüßen, auf den Boden gelegt hatte, legte er auch die rechte Hand auf den Rücken und begann in der Lichtung herumzuspazieren.

Lajewskij fühlte sich müde und unbehaglich wie ein Mensch, der vielleicht bald sterben muß und deshalb die allgemeine Aufmerksamkeit auf sich zieht. Er wollte möglichst schnell sterben oder aber nach Hause fahren. Zum erstenmal im Leben sah er einen Sonnenaufgang; diese Morgenfrühe, die grünen Strahlen, die Feuchtigkeit und diese Leute in ihren nassen Stiefeln, all das schien ihm unnütz und überflüssig in seinem Leben und bedrückte ihn. Es hatte alles so gar keine Beziehungen zu der durchlebten Nacht, zu seinen Gedanken und seinem Schuldgefühl. Darum wäre er am liebsten gegangen, ohne das Duell abzuwarten.

Herr von Koren war merklich erregt und bemühte sich, das zu verbergen. Darum tat er, als interessierten ihn die grünen Strahlen so außerordentlich. Die Sekundanten waren verlegen und wechselten Blicke, als wollten sie fragen: wozu sind wir hier und was sollen wir tun?

»Meine Herren«, sagte Scheschkowskij, »ich glaube, noch weiter zu gehen, hat keinen Zweck. Der Ort ist ganz geeignet.«

»Gewiß«, stimmte Herr von Koren bei.

Wieder trat eine Pause ein. Doktor Ustimowitsch schlenderte auf und ab. Plötzlich wandte er sich abrupt zu Lajewskij und sagte halblaut:

»Ihnen sind wahrscheinlich meine Bedingungen noch nicht bekannt. Jede Partei zahlt mir fünfzehn Rubel, und falls einer von Ihnen fällt, zahlt der Überlebende die ganzen dreißig Rubel allein.«

Lajewskij kannte diesen Menschen von früher, aber jetzt sah er zum erstenmal mit Bewußtsein diese dunkeln Augen, den spärlichen Schnurrbart und den schwindsüchtigen Hals. Das war ein Wucherer, aber kein Arzt. Sein Atem hatte einen unangenehmen, faulen Geruch.

›Herrgott, was für Leute es doch gibt‹, dachte Lajewskij und sagte: »Gut.«

Der Doktor nickte und begann wieder auf und abzugehen. Jeder fühlte, daß es schon Zeit war anzufangen oder das Angefangene zu beenden. Aber sie fingen nicht an und endeten nicht, sondern gingen und standen umher und rauchten. Die jungen Offiziere betrachteten aufmerksam ihre Waffenröcke und strichen sie glatt, als wären sie zu einem Ball gekommen. Scheschkowskij trat auf sie zu und sagte leise:

»Meine Herren, wir müssen alle Kräfte in Bewegung setzen, damit dieses verfluchte Duell nicht zustande kommt. Wir müssen sie versöhnen.« Er wurde rot und fuhr fort: »Gestern war Ihr Kirillin bei mir und erzählte mir, Lajewskij hätte ihn gestern bei Nadeschda Fjodorowna überrascht, und solche Geschichten.«

»Ja, wir wissen das«, sagte Boiko.

»Nun, sehen Sie, Lajewskij zittern die Hände und – solche Geschichten. Er kann ja keine Pistole halten. Mit ihm sich zu schlagen ist ebenso unmenschlich wie mit einem Betrunkenen oder Typhuskranken. Wenn es zu keiner Aussöhnung kommt, meine Herren, muß man das Duell wenigstens aufschieben, wie meinen – das ist so eine verfluchte Sache, daß –«

»Sprechen Sie mit Herrn von Koren.«

»Ich kenne die Duellregeln nicht, hol' sie überhaupt der Teufel, und ich will sie nicht kennen lernen. Er könnte am Ende denken, Lajewskij hätte Angst bekommen und mich hingeschickt. Übrigens, wie er mag, ich geh' hin.«

Scheschkowskij trat zaudernd und ein wenig hinkend, als wäre ihm der Fuß eingeschlafen, auf Herrn von Koren zu. Und während er so ging und sich räusperte, atmete seine ganze Gestalt Faulheit.

»Ich muß Ihnen eine Mitteilung machen, mein Herr«, begann er und betrachtete aufmerksam das Blumenmuster auf dem Hemd des Zoologen, »streng vertraulich. Ich kenne die Duellregeln nicht, hol' sie überhaupt der Teufel, und will sie nicht kennen lernen. Ich urteile nicht als Sekundant und solche Geschichten, sondern als Mensch, und so –«

»Ja, und?«

»Gewöhnlich hört man nicht auf den Versöhnungsvorschlag der Sekundanten und schlägt sich. Die liebe Eitelkeit usw. Aber ich bitte Sie, sehen Sie Iwan Andrejitsch an. Er ist heute nicht in seinem normalen Zustand, sozusagen nicht bei Verstand. Ihm ist ein Unglück passiert. Ich kann Klatschgeschichten nicht leiden«, Scheschkowskij wurde rot und sah sich um, »aber in Anbetracht des Duells halte ich mich für verpflichtet, es Ihnen mitzuteilen. Gestern abend hat er im Mjuridowschen Haus seine Madame mit Kirillin überrascht.«

»Wie ekelhaft«, murmelte der Zoolog; er wurde bleich, runzelte die Stirn und spuckte geräuschvoll aus: »Pfui!«

Seine Unterlippe erzitterte, er entfernte sich von Scheschkowskij, er wollte nichts mehr hören. Und als fühlte er plötzlich einen bitteren Geschmack auf der Zunge, spuckte er noch einmal geräuschvoll aus und sah zum erstenmal an diesem Morgen Lajewskij voll Haß an. Seine Erregung und das unbehagliche Gefühl waren vorbei, er warf den Kopf zurück und sagte laut:

»Meine Herren, worauf warten wir, möcht' ich wissen? Warum fangen wir nicht an?«

Scheschkowskij wechselte einen Blick mit den Offizieren und zuckte die Achseln.

»Meine Herren«, sagte er laut, ohne sich an einen von ihnen zu wenden, »meine Herren, wir schlagen Ihnen vor, sich zu versöhnen.«

»Kommen wir etwas schneller mit den Formalitäten zu Ende«, sagte Herr von Koren, »von der Aussöhnung ist schon gesprochen worden. Was kommt jetzt für eine Formalität?«

»Aber wir bestehen auf der Aussöhnung«, sagte Scheschkowskij, und in seiner Stimme lag etwas wie eine Bitte um Entschuldigung, daß er sich in fremde Angelegenheiten mischte. Er wurde rot, legte die Hand aufs Herz und fuhr fort: »Meine Herren, wir sehen keinen ursächlichen Zusammenhang zwischen der Beleidigung und dem Duell. Die Beleidigungen, die wir uns zuweilen in unserer menschlichen Schwäche zufügen, und das Duell haben nichts miteinander gemein. Sie sind studierte, gebildete Leute und sehen natürlich selbst im Duell nur eine veraltete, leere Formalität und – solche Geschichten. Wir sehen es ebenso an, sonst wären wir nicht mitgefahren. Denn wir können es nicht dulden, daß in unserer Gegenwart die Leute sich gegenseitig totschießen.« Scheschkowskij trocknete sich den Schweiß von der Stirn und fuhr fort: »Meine Herren, machen Sie ein Ende mit Ihren Zwistigkeiten, reichen Sie sich die Hand, und fahren wir heim und trinken eine Versöhnungsflasche. Auf Ehre, meine Herren!«

Herr von Koren schwieg. Lajewskij fühlte, daß man ihn ansah, und sagte:

»Ich habe nichts gegen Nikolai Wassiljewitsch. Wenn er findet, daß ich ihn beleidigt habe, bin ich bereit, meine Entschuldigung zu machen.«

Herr von Koren ärgerte sich.

»Meine Herren«, sagte er, »Sie wollen wohl, daß Herr Lajewskij als edelmütiger Ritter nach Hause zurückkehrt. Aber ich kann Ihnen und ihm das Vergnügen nicht machen. Es wäre ja auch nicht nötig gewesen, so früh aufzustehen und zehn Werst weit aus der Stadt zu fahren, nur um einen Versöhnungsschluck zu trinken, zu frühstücken und zu hören, daß das Duell eine veraltete Formalität ist. Ein Duell ist ein Duell und braucht nicht dümmer und falscher gemacht zu werden, als es wirklich ist. Ich will mich duellieren.«

Es trat ein allgemeines Schweigen ein. Der Offizier Boiko nahm die Pistolen aus dem Kasten und gab eine Herrn von Koren, die andere Lajewskij. Darauf entstand eine Verwirrung, die den Zoologen und die Sekundanten auf kurze Zeit erheiterte. Es erwies sich, daß keiner von den Anwesenden in seinem Leben ein Duell mitgemacht hatte. Niemand hatte eine Ahnung, wie man sich aufstellen mußte und was die Sekundanten zu sagen und zu tun hatten. Boiko sagte, man müsse zwanzig Schritte abschreiten und an den äußersten Punkten dieser Entfernung je einen Säbel in die Erde stecken. Dann müßten die Gegner auf das Kommando »Los« aufeinander zugehen bis auf zehn Schritt Distanz und dann schießen. Das schien gezwungen und unverständlich.

»Meine Herren, wer erinnert sich der Schilderung bei Lermontow?« fragte Herr von Koren lachend. »Auch bei Turgenjew schießt sich Basarow mit jemand –«

»Wozu das?« fragte Doktor Ustimowitsch und blieb stehen. »Messen Sie eine Entfernung von zehn Schritt ab und Schluß.«

Und er ging dreimal auf und ab, als wollte er zeigen, wie man Entfernungen abschreitet. Boiko schritt zehn Schritte ab, und der andere Offizier zog den Säbel und machte mit ihm an den äußersten Punkten je einen Strich, um die Barriere zu bezeichnen.

Die Gegner nahmen unter allgemeinem Schweigen ihre Plätze ein.

›Wie die Maulwürfe‹, dachte der Diakon, der im Gebüsch saß.

»Die Forderung ging von Nikolai Wassiljitsch aus«, sagte Scheschkowskij, »also schießen Sie zuerst«, nickte er Lajewskij zu, »so ist es doch, glaub' ich?«

»Jawohl«, sagte Boiko.

Scheschkowskij sprach etwas, Boiko erklärte wieder etwas, aber Lajewskij hörte nichts, oder er hörte es wohl, verstand aber kein Wort. Er spannte den Hahn und hob die schwere, kalte Pistole, die Mündung nach oben. Er hatte vergessen, den Mantel aufzuknöpfen, und der drückte ihn in der Schulter, und es war ihm so unbequem, den Arm aufzuheben, als wäre sein Ärmel aus Blech. Er dachte an gestern, an seinen Haß gegen diese dunkle Stirn und die lockigen Haare und fühlte, daß er nicht einmal damals, im Augenblick des heftigsten Hasses und Zornes hätte auf einen Menschen schießen können. Er fürchtete, die Kugel könnte durch irgendeinen Zufall doch seinen Gegner treffen und hob die Pistole immer höher und höher. Dabei fühlte er, daß diese allzu offenkundige Großmut weder taktvoll noch edelmütig war, aber er konnte und wollte nicht anders. Er blickte in das bleiche, spöttisch lächelnde Gesicht des Zoologen, der wohl von Anfang an die Überzeugung gehabt hatte, daß sein Gegner in die Luft schießen würde. Und er dachte: ›Gott sei Dank. Gleich ist alles vorbei. Ich brauche nur etwas stärker auf den Abzug zu drücken …‹

Es gab ihm einen heftigen Schlag in der Schulter, der Schuß krachte und in den Bergen antwortete das Echo: »Pach-tach«.

Herr von Koren sah zu Doktor Ustimowitsch hinüber, der nach wie vor, die Hände auf dem Rücken, auf und ab ging und sich um die ganze Sache gar nicht kümmerte.

»Herr Doktor«, sagte der Zoolog, »seien Sie so gut und laufen Sie nicht wie ein Perpendikel. Mir wird ganz schwindlig davon.«

Der Doktor blieb stehen. Herr von Koren hob die Pistole und begann auf Lajewskij zu zielen.

›Es ist aus‹, dachte Lajewskij.

Die gerade auf sein Gesicht gerichtete Pistolenmündung, der Ausdruck von Haß und Verachtung in Herrn von Korens ganzer Haltung, dieser Mord, den sogleich ein anständiger Mensch am hellen Tage in Gegenwart anderer anständiger Menschen begehen sollte, diese Stille und die unbekannte Kraft, die Lajewskij zwang, stehen zu bleiben, anstatt zu fliehen – wie geheimnisvoll, unverständlich und schrecklich war das alles! Die Zeit, während Herr von Koren zielte, schien Lajeswskij länger als die Nacht. Er blickte flehend auf die Sekundanten, sie waren bleich und rührten sich nicht. Es schien nach Mord und Tod zu riechen.

›Schieß doch schneller!‹ dachte Lajewskij und fühlte, daß sein bleiches, zitterndes, elendes Gesicht Herrn von Korens Haß noch erhöhen mußte.

›Gleich schieß ich ihn tot‹, dachte Herr von Koren, zielte auf Lajewskij Stirn und berührte mit dem Finger schon den Drücker. – ›Natürlich schieß ich ihn tot!‹

»Er schießt ihn tot!« ertönte plötzlich ein verzweifelter Schrei irgendwo ganz in der Nähe.

Im selben Moment krachte der Schuß. Als sie gesehen hatten, daß Lajewskij an seinem Platz stand und nicht gefallen war, wandten sich alle nach der Richtung des Schreies und erblickten den Diakon. Bleich, die feuchten Haare an Stirn und Wangen geklebt, ganz naß und schmutzig stand er am anderen Ufer im Maisfeld, lächelte sonderbar und winkte mit seinem nassen Hut. Scheschkowskij lachte vor Freude hell auf, brach dann in Tränen aus und ging beiseite.

20.

Bald darauf trafen sich Herr von Koren und der Diakon an der Brücke. Der Diakon war erregt, atmete schwer und vermied es, dem Freund in die Augen zu sehen. Er schämte sich wegen seines Schreckens von vorhin und wegen seiner nassen schmutzigen Kleider.

»Mir schien, als wollten Sie ihn totschießen«, stotterte er, »wie entgegen ist das der menschlichen Natur! Wie unnatürlich ist das!«

»Wie sind Sie eigentlich hierher gekommen?« fragte der Zoolog.

»Fragen Sie nicht. Der Böse hat mich verführt, und ich bin ihm gefolgt und wäre vor Schrecken gestorben dort im Maisfeld. Aber Gott sei Dank, Gott sei Dank. Ich bin mit Ihnen durchaus zufrieden. Auch unser guter Doktor Samoilenko wird zufrieden sein. Ein Spaß, ein Spaß. Ich bitte Sie nur dringend, sagen Sie es niemand, daß ich hier war. Sonst krieg' ich eine furchtbare Nase von der Obrigkeit. Es wird heißen: der Diakon ist Sekundant gewesen.«

»Meine Herren«, sagte der Zoolog und wandte sich an den Doktor, die Sekundanten und Lajewskij, die im Gänsemarsch herankamen, »der Herr Diakon bittet Sie, es niemand zu erzählen, daß Sie ihn hier gesehen haben. Es könnten ihm daraus Unannehmlichkeiten erwachsen.«

»Wie zuwider ist das der menschlichen Natur«, seufzte der Diakon, »verzeihen Sie gütigst, aber Sie machten ein Gesicht, daß ich glaubte, Sie würden ihn sicher totschießen.«

»Ich fühlte mich stark versucht, ein Ende zu machen mit diesem Hallunken«, sagte Herr von Koren, »aber Sie haben dazwischen geschrien, und ich hab' vorbeigeschossen. Sie haben ihn gerettet. Diese ganze Prozedur ist widerlich, weil man's nicht gewöhnt ist. Ich bin ganz müde und schwach geworden. Fahren wir also, Diakon.«

»Nein, Sie gestatten schon, daß ich zu Fuß gehe. Ich muß trocken werden, ich bin ganz durchnäßt und würde mich erkälten.«

»Nun, wie Sie meinen«, sagte der ermüdete Zoolog mit dumpfer Stimme, stieg in den Wagen und schloß die Augen, »wie Sie meinen.«

Während man einstieg, stand Kerbalai am Wege, verneigte sich tief, beide Hände auf dem Bauch, und zeigte die Zähne. Er glaubte, die Herren wären gekommen, die Natur zu genießen und Tee zu trinken, und begriff nicht, warum sie schon wieder in die Equipagen stiegen. Unter allgemeinem Schweigen fuhr man ab, und nur der Diakon blieb beim Wirtshaus.

»Im Wirtshaus gehen, Tee trinken«, sagte er zu Kerbalai, »mir will essen.«

Kerbalai sprach ausgezeichnet russisch, aber der Diakon glaubte, so ein Tatar müsse ihn besser verstehen, wenn er gebrochen russisch spräche.

»Eierkuchen backen, Käse geben.«

»Komm, komm, Pope«, sagte Kerbalai und verneigte sich, »du bekommst alles. Käse hab' ich und Wein hab' ich. Iß, was du willst.«

»Wie heißt auf tatarisch: »Gott«, fragte der Diakon, als er ins Wirtshaus trat.

»Mein Gott und dein Gott, das ist alles gleich«, sagte Kerbalai, der ihn nicht verstand, »der Gott ist bei allen einer, nur die Leute sind verschiedene. Einige sind Russen, einige sind Türken, einige sind Englische. Allerlei Leute gibt es viel, aber nur einen Gott.«

»Gut. Wenn alle Völker zu einem Gott beten, warum haltet ihr Muselmänner dann die Christen für eure ewigen Feinde?«

»Warum ärgerst du dich?« sagte Kerbalai und legte beide Hände auf den Magen. »Du bist ein Pope, ich bin ein Muselmann, du sagst! ich will essen, ich geb' dir's. Nur die reichen Leute fragen, welcher ist dein Gott, welcher ist mein Gott. Für den Armen ist das alles gleich. Iß, bitte.«

Während im Wirtshaus dieses theologische Gespräch stattfand, fuhr Lajewskij nach Hause und erinnerte sich, wie schwer ihm die Hinfahrt in der Dämmerung gewesen war, als der Weg, die Felsen und die Berge naß und dunkel waren und die unbekannte Zukunft ihm schrecklich schien wie ein bodenloser Abgrund. Und jetzt glänzten die Regentropfen auf Gras und Steinen in der Sonne, die Natur lächelte freudig, und die schreckliche Zukunft lag hinter ihm. Er sah auf Scheschkowskijs mürrisches, verweintes Gesicht und nach vorn auf die zwei Wagen, in denen Herr von Koren, seine Sekundanten und der Doktor fuhren, und ihm war, als kehrten sie vom Kirchhof zurück, wo sie einen schweren, unerträglichen Menschen begraben hatten, der sie alle am Leben gehindert hatte.

›Das ist alles vorüber‹, dachte er von seiner Vergangenheit, und fuhr sich vorsichtig mit den Fingern über den Hals. An seiner rechten Halsseite, dicht über dem Kragen befand sich eine fingerlange, schmerzhafte Schwellung. Dort hatte die Kugel gestreift.

Und nachher, als er zu Hause angelangt war, dehnte sich für ihn ein langer Tag, seltsam, süß und nebelhaft wie das Vergessen. Als wäre er aus dem Gefängnis oder dem Hospital entlassen, sah er die längstbekannten Dinge an und erstaunte, daß Tische, Stühle, Sonnenlicht und Meer in ihm solch eine lebendige, kindliche Freude weckten, wie er sie schon lange nicht gefühlt. Nadeschda Fjodorowna war bleich und abgehärmt. Sie begriff seine milde Stimme und seine sanften Bewegungen nicht. Sie beeilte sich, ihm alles zu erzählen, was mit ihr geschehen war. – Ihr schien, als höre er nicht gut und verstände sie nicht. Sie hatte geglaubt, er würde sie verfluchen und totschlagen, wenn er alles erführe. Aber er hörte zu, streichelte ihr Gesicht und ihr Haar, sah ihr in die Augen und sagte:

»Ich habe niemand als dich.«

Nachher saßen sie lange aneinandergeschmiegt im Garten und schwiegen oder phantasierten von dem zukünftigen glücklichen Leben in kurzen, abgebrochenen Sätzen. Und es war ihnen, als hätten sie niemals zuvor so lang und so schön gesprochen.

21.

Mehr als drei Monate gingen ins Land.

Dann kam der Tag, den Herr von Koren für seine Abreise bestimmt hatte. Vom frühen Morgen an ging ein dichter, kalter Regen nieder, es wehte ein heftiger Nordost, und das Meer brandete in hohen Wellen. Man glaubte nicht, daß der Dampfer bei so einem Wetter auf der Reede Anker werfen würde. Nach dem Fahrplan sollte er um zehn Uhr morgens kommen. Aber auch um Mittag und am Nachmittag sah Herr von Koren vom Ufer aus durch seinen Feldstecher nichts als graue Wellen und Regen, der den Horizont verdeckte.

Gegen Abend hörte der Regen auf, und der Wind legte sich merklich. Herr von Koren hatte sich schon mit dem Gedanken ausgesöhnt, heute nicht abfahren zu können, und spielte eine Partie Schach mit Samoilenko. Aber als es dunkel wurde, meldete der Bursche, auf dem Meere hätte man Lichter und eine Rakete gesehen.

Herr von Koren begann sich eilig fertigzumachen. Er hängte die Reisetasche um die Schultern, umarmte Samoilenko und den Diakon, durchwanderte ohne jeden Zweck sämtliche Zimmer, nahm Abschied vom Burschen und von der Köchin und verließ das Haus mit dem Gefühl, als hätte er bei Samoilenko oder in seiner Wohnung etwas vergessen. Auf der Straße ging er neben Samoilenko, hinter ihnen der Diakon mit dem Mantelsack und ganz zuletzt kam der Bursche mit zwei Handkoffern. Nur Samoilenko und der Bursche konnten die Lichter auf dem Meer unterscheiden, die anderen spähten ins Dunkel hinaus und sahen nichts. Der Dampfer war weit vom Lande vor Anker gegangen.

»Schnell, schnell«, drängte Herr von Koren, »sonst fährt er am Ende ab.«

Als sie an dem drei Fenster breiten Häuschen vorbeikamen, in das Lajewskij bald nach dem Duell umgezogen war, konnte Herr von Koren sich nicht halten und schaute ins Fenster. Lajewskij saß gebeugt, den Rücken zum Fenster, am Tisch und schrieb.

»Ich bin erstaunt«, sagte der Zoolog leise, »wie der sich unter die Fuchtel genommen hat.«

»Ja, es ist staunenswert«, seufzte Samoilenko, »so sitzt er vom Morgen bis zum Abend und arbeitet. Er will seine Schulden bezahlen. Und er lebt schlechter als ein Bettler.«

Eine halbe Minute verging im Schweigen. Der Zoolog, der Doktor und der Diakon standen vor dem Fenster und sahen Lajewskij an.

»So ist er doch nicht fortgekommen von hier, der arme Kerl«, sagte Samoilenko, »weißt du noch, wie eifrig er das damals betrieb?«

»Ja, er hat sich stark unter die Fuchtel genommen«, wiederholte Herr von Koren, »seine Heirat, diese Arbeit um das Stückchen Brot den ganzen Tag über, dieser neue Ausdruck in seinem Gesicht und sogar seine ganze Art, sich zu bewegen, sind so sympathisch, daß ich nicht weiß, wie ich das ausdrücken soll.« Der Zoolog faßte Samoilenko am Ärmel und sagte mit bewegter Stimme: »Richt' es ihm und seiner Frau aus, daß ich die größte Hochachtung vor ihnen hätte. Sag' ihnen, ich hätte sie bewundert, als ich abreiste, ich wünschte ihnen alles Gute, und bäte ihn, wenn es ihm möglich ist, meiner nicht im Bösen zu denken.

Er kennt mich. Er weiß, daß ich sein bester Freund gewesen wäre, wenn ich das hätte voraussehen können.«

»Geh' hinein zu ihm und verabschiede dich.«

»Nein, das ist so peinlich.«

»Warum denn? Vielleicht siehst du ihn nie im Leben wieder.«

Der Zoolog überlegte und sagte:

»Das ist wahr.«

Samoilenko klopfte leise ans Fenster, Lajewskij fuhr zusammen und sah sich um.

»Wanja, Nikolai Wassiljewitsch will sich von dir verabschieden«, sagte Samoilenko, »er reist jetzt gleich.«

Lajewskij stand auf, ging in den Flur und öffnete die Tür. Samoilenko, Herr von Koren und der Diakon traten ein.

»Nur für einen Augenblick«, sagte Herr von Koren. Er zog die Überschuhe im Flur aus, und es tat ihm schon leid, daß er seinem Gefühl nachgegeben und ungebeten diese Schwelle überschritten hatte. ›Ich werde gewissermaßen verlegen‹, dachte er, ›und das ist dumm.‹

»Entschuldigen Sie, wenn ich störe«, sagte er, als er mit Lajewskij ins Zimmer trat, »aber ich fahre gleich ab, und es zog mich, Abschied zu nehmen von Ihnen. Gott weiß, ob wir uns noch einmal im Leben wiedersehen.«

»Sehr angenehm, bitte ergebenst«, sagte Lajewskij und trug ungewandt Stühle für die Gäste herbei, als wollte er ihnen den Weg versperren. Dann blieb er mitten im Zimmer stehen und rieb sich die Hände.

›Hätte ich doch die Zeugen auf der Straße gelassen‹, dachte Herr von Koren und sagte fest:

»Denken Sie meiner nicht im Bösen, Iwan Andrejitsch. Vergessen kann man natürlich nicht, was gewesen ist. Es war zu traurig. Ich bin auch nicht gekommen, mich zu entschuldigen oder meine Unschuld zu beteuern. Ich habe aufrichtig gehandelt, und meine Überzeugungen von damals sind dieselben geblieben. Freilich, in Ihnen hab' ich mich damals geirrt, aber stolpern kann man auch auf geradem Weg, und das ist einmal Menschenlos: wenn man sich in der Hauptsache nicht irrt, so irrt man sich in Nebensachen. Die ganze Wahrheit weiß niemand.«

»Jawohl, niemand weiß die Wahrheit«, sagte Lajewskij.

»Nun, leben Sie wohl. Gebe Gott Ihnen alles Gute.«

Herr von Koren reichte Lajewskij die Hand, dieser drückte sie und verbeugte sich.

»Denken Sie meiner nicht im Bösen«, sagte Herr von Koren, »empfehlen Sie mich Ihrer Frau Gemahlin und sagen Sie ihr, es hätte mir sehr leid getan, ihr nicht persönlich meine Hochachtung ausdrücken zu können.«

»Sie ist zu Hause.«

Lajewskij ging zur Tür und rief ins Nebenzimmer:

»Nadja, Nikolai Wassiljewitsch will sich von dir verabschieden.«

Nadeschda Fjodorowna trat ein. Sie blieb an der Tür stehen und schaute schüchtern auf die Gäste. Ihr Gesicht war schuldbewußt und erschrocken, die Hände hielt sie wie ein gescholtenes Schulmädchen.

»Ich reise fort, Nadeschda Fjodorowna«, sagte Herr von Koren, »und möchte Abschied nehmen von Ihnen.«

Sie streckte ihm zögernd die Hand hin, und Lajewskij verbeugte sich.

›Wie traurig geht es den beiden doch‹, dachte Herr von Koren: ›leicht wird dies Leben ihnen nicht.‹

»Ich komme nach Moskau und Petersburg, kann ich dort nicht etwas für Sie besorgen?« fragte er.

»Wie meinst du?« sagte Nadeschda Fjodorowna und wechselte einen erregten Blick mit ihrem Mann, »ich glaube nicht –«

»Nein, danke«, sagte Lajewskij. »Grüßen Sie alle …«

Herr von Koren wußte nicht, was er noch sagen könnte und sollte. Und vorhin, als er hereinkam, hatte er geglaubt, er würde viel Gutes, Warmes und Bedeutendes sagen. Er drückte Lajewskij und seiner Frau schweigend die Hand und ging von ihnen mit schweren Gedanken.

»Was für Menschen!« sagte halblaut der Diakon, der hinter ihm herging, »Herrgott, was für Menschen! Die Hand des Höchsten hat diesen Weinberg gesegnet sichtbarlich. Herrgott, Herrgott! – Nikolai Wassiljewitsch«, fuhr er feierlich fort, »wissen Sie, daß Sie heute den größten unter den Feinden der Menschheit besiegt haben: den Hochmut?«

»Unsinn, Diakon! Was sind Lajewskij und ich für Sieger? Sieger blicken wie die Adler, und er ist elend, schüchtern, gedrückt und macht Verbeugungen wie eine chinesische Pagode, und ich – ich bin traurig.«

Hinter ihnen klangen Schritte. Das war Lajewskij, der sie einholte, um Herrn von Koren zu begleiten. Am Hafen stand der Bursche mit den zwei Handkoffern und etwas weiter vier Ruderknechte.

»Das bläst aber, brr!« sagte Samoilenko, »auf dem Meer draußen ist wahrscheinlich der tollste Sturm. Du hast dir keinen guten Tag ausgesucht zur Abreise, Kolja.«

»Ich hab' keine Angst vor der Seekrankheit.«

»Das ist's nicht. Wenn dich diese Esel nur nicht umwerfen. Du solltest mit der Schaluppe von der Agentur fahren. Wo ist die Agenturschaluppe?« schrie er den Ruderern zu.

»Abgegangen, Exzellenz.«

»Und das Zollboot?«

»Auch abgegangen.«

»Warum habt ihr das nicht gemeldet, ihr Viehstücker?« schimpfte Samoilenko.

»Es ist egal, reg' dich nicht auf«, sagte Herr von Koren, »nun leb' wohl. Behüt' euch Gott.«

Samoilenko umarmte den Zoologen und schlug dreimal das Kreuz über ihn.

»Vergiß uns nicht, Kolja. Schreib' mal. Nächstes Frühjahr erwarten wir dich.«

»Adieu, Diakon«, sagte Herr von Koren und drückte dem Diakon die Hand. »Und das mit der Expedition überlegen Sie sich.«

»Ja, lieber Gott, meinetwegen bis ans Ende der Welt!« lachte der Diakon, »ich bin doch nicht abgeneigt.«

Herr von Koren erkannte in der Dunkelheit Lajewskij und reichte ihm stumm die Hand. Die Ruderknechte waren schon unten und hielten das Boot fest, das heftig gegen das Bollwerk schlug, obwohl es durch die Mole vor der stärksten Brandung geschützt war. Herr von Koren kletterte die Leiter hinunter, sprang ins Boot und setzte sich ans Steuer.

»Schreib' mal«, schrie ihm Samoilenko nach, »nimm deine Gesundheit in acht.«

›Niemand weiß die ganze Wahrheit‹, dachte Lajewskij. Er schlug den Mantelkragen auf und zog die Hände in die Ärmel zurück.

Das Boot verließ schnell den Hafen und kam in offene See. Es verschwand in den Wellen, aber stieg sogleich wieder aus dem tiefen Tal auf einen hohen Wellenberg, daß man die Leute und sogar die Ruderer unterscheiden konnte. Drei Faden machte das Boot vorwärts, um zwei Faden wurde es zurückgeworfen.

»Schreib' mal!« schrie Samoilenko. »Dich plagt auch der Satan, bei dem Wetter zu reisen.«

›Ja, niemand weiß die ganze Wahrheit‹, dachte Lajewskij und blickte kummervoll auf das erregte, dunkle Meer.

›Das Boot wird zurückgeworfen‹, dachte er. ›Zwei Schritte macht es vorwärts und einen rückwärts. Aber die Ruderer sind hartnäckig, unermüdlich legen sie sich in die Riemen und fürchten sich nicht vor den hohen Wellen. Das Boot kommt immer weiter, immer weiter. Man sieht es schon nicht mehr. Noch eine halbe Stunde, und die Ruderer sehen deutlich die Lichter des Schiffes. Und in einer Stunde sind sie an der Schiffsleiter. – So ist das Leben. Auf dem Weg zur Wahrheit macht der Mensch zwei Schritte vorwärts und einen rückwärts. Die Leiden, die Sünden, die Langeweile des Lebens werfen ihn zurück, aber der Durst nach Wahrheit und der feste Wille treiben ihn vorwärts, immer vorwärts. Und wer weiß? Vielleicht erreicht er einmal die ganze Wahrheit.‹

»Leb' wo-ohl!« schrie Samoilenko.

»Nichts zu sehen und zu hören!« sagte der Diakon. »Glückliche Reise!« Der Regen prasselte herunter.

Biographie

1860	*17. Januar:* Anton Pawlowitsch Tschechow wird in dem kleinen Seehafen von Taganrog, Ukraine, als Sohn von einem Lebensmittelhändler und Enkel eines Leibeigenen, der seine eigene Freiheit gekauft hat, geboren. Tschechows Mutter ist Yevgenia Morozov, die Tochter eines Tuchhändlers. Tschechows Kindheit wird von der Tyrannei seines Vaters, von religiösem Fanatismus und von langen Nächten in dem Geschäft überschattet, das von fünf Uhr morgens bis Mitternacht geöffnet ist.
1867–1868	Er besucht eine Schule für griechische Jungen in Taganrog und das Gymnasium in Taganrog.
1879	Er folgt nach dem Abitur der schon vorausgezogenen Familie nach Moskau. Dort nimmt er ein Medizinstudium auf.
1882	»Nenuzhnaya-Pobeda« erscheint.
1883	»Smert' cinovnika« (»Tod eines Beamten«), Kurzgeschichte.
1884	*Juni:* Er schließt mit dem Arztdiplom ab. »Drama-Na-Okhote«, (»Die Schießfeier«).
Seit 1880	Er veröffentlicht seine ersten Werke. Noch während der Schule, fängt er an, Hunderte von komischen Kurzgeschichten zu veröffentlichen, um sich und seine Mutter, Schwestern und Brüder zu unterstützen. Sein Verlag in diesem Zeitraum ist der von Nicholas Leikin, Besitzer der Sankt Petersburger Zeitung »Oskolki« (Splitter).
1885	*Dezember:* Er knüpft in St. Petersburg Kontakte zu Suvorin, der ihm seine Zeitschrift »Novoe vremja« öffnet. Er wird langsam aber sicher bekannt.
1886	»Tolstyj i tonkij« (»Der Dicke und der Dünne«), Kurzgeschichte. »Toska« (»Gram«), Erzählung.
1887	Erste Arbeiten für das Theater erfolgen; Tschechow wird Mitglied der Gesellschaft der russischen dramatischen Schriftsteller und Opernkomponisten.
1888	Die erste Auszeichnung ist der Puškin-Preis für den Sammelband »In der Dämmerung«.

	Den Sommer verbringt Tschechow im Süden.
	»Medved'« (»Der Bär«), Komödie.
1889	Er betreut seinen sterbenden Bruder Nikolaj und hält sich anschließend länger in Odessa und Jalta auf.
	Die in diesem Jahr geschriebene Komödie »Der Waldschrat« wird ein Mißerfolg.
	»Step: Istorija odnoj poezdki« (»Die Steppe. Geschichte einer Reise«), Erzählung.
1890	Tschechow unternimmt ab April eine siebeneinhalbmonatige Reise nach Sachalin.
1891	Er reist mit Suvorin für mehrere Wochen nach Italien und Paris.
	Als in Zentralrußland Hungersnöte ausbrechen, ist Tschechow bei der Organisation von Hilfsmaßnahmen aktiv, später engagiert er sich in der Zemstvo von Serpuchov als Arzt. Dort hat er sich das Gut Melichovo gekauft.
1892	»Duél'« (»Das Duell«), Erzählung.
	»Palata No. 6« (»Krankensaal Nr. 6«), Erzählung.
1894	Tschechow ist wieder in Jalta und Italien.
1896	Er richtet später auf dem Gut Melichovo auch eine Schule ein.
	Die Komödie »Cajka« ist zunächst ein Mißerfolg.
	»Ariadna«.
1897	Er muss sich wegen ernsthafter gesundheitlicher Probleme (Bluthusten) in eine Klinik einweisen lassen. Erneute Auslandsreise.
1898	Das Stück »Cajka« wird zu einem Erfolg. Tschechow hält sich überwiegend auf der Krim auf, wo er sich bei Jalta ein Haus kauft.
1899	Ein Jahr später erscheinen bei Marks seine Werke als Gesamtausgabe.
	»Celovek v futlare« (»Der Mensch im Futteral«), Erzählung.
	»Dama s sobackoj« (»Die Dame mit dem Hündchen«), Erzählung.
1900	Die Wahl in die St. Petersburger Akademie der Wissenschaften, Abteilung Literatur, folgt. Auslandsreisen nach Nizza und Norditalien auch in den nächsten Jahren.
	»Onkel Vanya«.

1901	Er heiratet die Schauspielerin Olga Knipper. »Drei Schwestern«.
1902	Er tritt aus der Akademie wieder aus, weil man Gorki ausschliesst.
1903	Er widmet sich vor allem der Arbeit am »Kirschgarten«.
1904	Er reist nach Badenweiler, wo er sich einer Kur unterziehen möchte. *2. Juli:* Dort stirbt er im »Hotel Sommer«. Er wird in Moskau beigesetzt. »V ovrage« (»In der Schlucht«), eine Erzählung, erscheint posthum.

Erzählungen aus dem Biedermeier

Biedermeier - das klingt in heutigen Ohren nach langweiligem Spießertum, nach geschmacklosen rosa Teetässchen in Wohnzimmern, die aussehen wie Puppenstuben und in denen es irgendwie nach »Omma« riecht.

Zu Recht. Aber nicht nur.

Biedermeier ist auch die Zeit einer zarten Literatur der Flucht ins Idyll, des Rückzuges ins private Glück und der Tugenden. Die Menschen im Europa nach Napoleon hatten die Nase voll von großen neuen Ideen, das aufstrebende Bürgertum forderte und entwickelte eine eigene Kunst und Kultur für sich, die unabhängig von feudaler Großmannssucht bestehen sollte.

Georg Büchner Lenz **Karl Gutzkow** Wally, die Zweiflerin **Annette von Droste-Hülshoff** Die Judenbuche **Friedrich Hebbel** Matteo **Jeremias Gotthelf** Elsi, die seltsame Magd **Georg Weerth** Fragment eines Romans **Franz Grillparzer** Der arme Spielmann **Eduard Mörike** Mozart auf der Reise nach Prag **Berthold Auerbach** Der Viereckig oder die amerikanische Kiste

ISBN 978-3-8430-1884-5, 444 Seiten, 29,80 €

Erzählungen aus dem Biedermeier II

Annette von Droste-Hülshoff Ledwina **Franz Grillparzer** Das Kloster bei Sendomir **Friedrich Hebbel** Schnock **Eduard Mörike** Der Schatz **Georg Weerth** Leben und Taten des berühmten Ritters Schnapphahnski **Jeremias Gotthelf** Das Erdbeerimareili **Berthold Auerbach** Lucifer

ISBN 978-3-8430-1885-2, 440 Seiten, 29,80 €

Erzählungen aus dem Biedermeier III

Eduard Mörike Lucie Gelmeroth **Annette von Droste-Hülshoff** Westfälische Schilderungen **Annette von Droste-Hülshoff** Bei uns zulande auf dem Lande **Berthold Auerbach** Brosi und Moni **Jeremias Gotthelf** Die schwarze Spinne **Friedrich Hebbel** Anna **Friedrich Hebbel** Die Kuh **Jeremias Gotthelf** Barthli der Korber **Berthold Auerbach** Barfüßele

ISBN 978-3-8430-1886-9, 452 Seiten, 29,80 €